Capitão Flirk e o artefato dos cinco elementos

Capitão Fla

e o artefato dos cinco elemento

EDITORA
NOVA
FRONTEIRA

JR

MARCELO MESQUITA

Copyright © 2022 by Marcelo Mesquita

Direitos de edição da obra em língua portuguesa adquiridos pela Editora Nova Fronteira Participações S.A. Todos os direitos reservados. Nenhuma parte desta obra pode ser apropriada e estocada em sistema de banco de dados ou processo similar, em qualquer forma ou meio, seja eletrônico, de fotocópia, gravação etc., sem a permissão do detentor do copirraite.

Editora Nova Fronteira Participações S.A.
Rua Candelária, 60 — 7º andar — Centro — 20091-020
Rio de Janeiro — RJ — Brasil

Dados Internacionais de Catalogação na Publicação (CIP)

M582c	Mesquita, Marcelo
	Capitão Flirk e o artefato dos cinco elementos / Marcelo Mesquita ; ilustrado por Andy Alvez. – Rio de Janeiro : Nova Fronteira, 2022.
	136 p. ; 15,5 x 23 cm
	Prefácio por Nilma Lacerda
	Posfácio por José Castello
	ISBN: 978.65.5640.311-3
	1. Literatura brasileira – aventura. I. Alvez, Andy. II. Título.
	CDD: B869
	CDU: 821.134.3(81)

André Queiroz – CRB-4/2242

Impresso na Aerographic.

Dedico a presente obra aos meus amados filhos, Letícia e Lucas (alegria e luz), ao tempo que agradeço a ambos por terem sido os inspiradores das inúmeras aventuras e histórias exigidas, literalmente, para dormirem. Letícia é partícipe deste trabalho, na medida em que definiu uma série de pontos da trama, escolheu elementos, indicou criaturas, personagens, nomes, desfechos. Torço para que a concretização do trabalho sirva, pela via inversa, como motivação para que eles desenvolvam o saudável amor à leitura e a sede por conhecimento que efetivamente só os livros podem saciar.

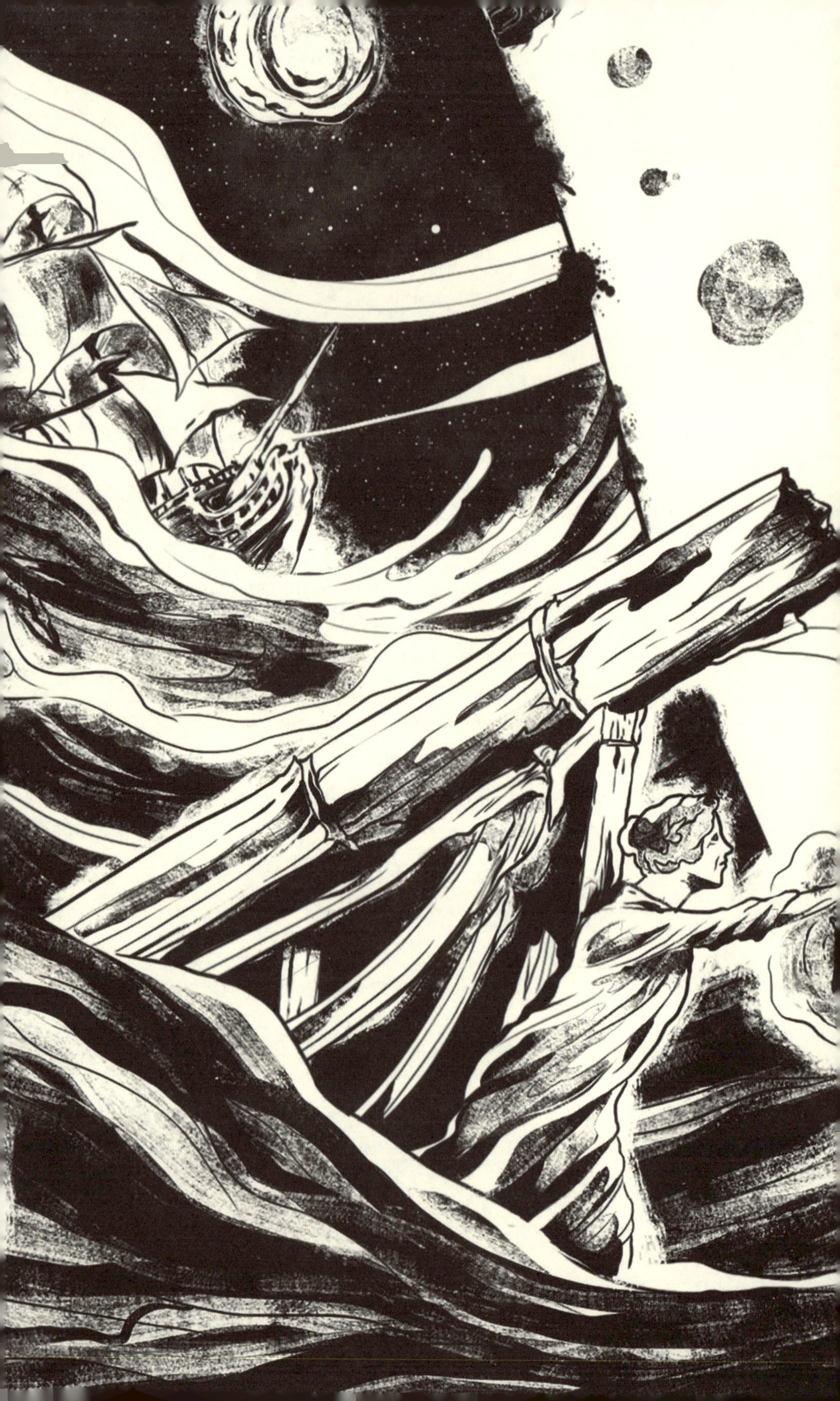

Nos raios de luz de um beijo puro
me estremeço e eis-me a navegar
por cerúleas regiões
onde ao avaro e ao impuro não é dado entrar
tresloucado cavaleiro andante
a vasculhar espaços
de extintos céus
[...]
nestes mundos dissipados
magas entidades dotam o corpo meu
de poderes encantados
mágicos sentidos
na razão dos céus
pois fundir o espaço e o tempo
vencer as tentações rasteiras
do instinto animal
só é dado a quem vê no amor
o único portal
[...]
apois Deus acorrentou os sábios
na prisão escura das três dimensões
[...]
visitante das estrelas
hóspede celeste visões ancestrais
me torturam pois ao tê-las
quebra o encanto e torno ao mundo de meus pais
à minha origem planetária
enfrentar a mansão da morte do pranto e da dor

Seresta Sertaneja, Elomar Figueira Melo

Sumário

Prefácio: Piratas na mochila
11

I
O Sentinela da Noite
17

II
Mia Donna
27

III
Vi, Tio Nel...
35

IV
Quatro!
39

V
Mãos invisíveis!
43

VI
"La Concordia"
47

VII
144 graus magnéticos
55

VIII
Cinzas
59

IX
Uma ideia ousada
67

X
Iron Fist
77

XI
Nenhum estranho!
89

XII
Humanae vitae brevitas
101

XIII
Meu tesouro
113

Posfácio: As duas máscaras do pirata
131

Piratas na mochila

Nilma Lacerda

ESSES LIVROS CARREGADOS DENTRO DAS MOCHILAS, espremidos em feroz disputa de espaço com tudo o mais ali. Mesmo em tempo de cultura digital, resistem, são leituras desejadas e partilhadas em recreios, redes sociais, WhatsApp. Boca a boca de jovens leitoras e leitores. Nenhuma dúvida sobre o fato de que garotas gostam, tanto quanto garotos, de aventuras intrépidas, de personagens a mover-se fora dos limites legais. Tive meus cavaleiros heroicos, meus fora da lei, piratas e companhia, e, para efeito de sinceridade, tive também as minhas "meninas exemplares", as famosas personagens da condessa de Ségur. Mas *Robinson Crusoe, Tarzan, o filho das selvas* impregnaram minha mente de experiências ousadas, inesquecíveis.

Somaram-se a esses *As aventuras de Gulliver, O conde de Monte Cristo, Sem família, O chamado selvagem* e muitos outros, clássicos de todas as nações, poesia de toda parte. Ler até hoje me traz prazer, reflexão, liberdade. Essa liberdade que defendo para leitores e leitoras, que têm direito de escolha quanto a suas leituras, sem ficarem restritos às indicações da escola ou à lista para os exames de acesso às universidades. Não se lê bem sem diversidade nos mais diversos aspectos. Aí está a razão de o historiador Roger Chartier defender as *leituras selvagens*, ou seja, os livros lidos às escondidas, longe do olhar de pais e professores, fora do cânone escolar. São normalmente livros de aventuras, histórias de personagens transgressoras ou marginais, depoimentos pessoais de situações limite, obras que devem ser banidas das leituras juvenis ou *ficar para mais tarde*. A leitura, contudo, é insubordinada por natureza e busca fugir aos controles a ela impostos. Cientes de que ali também está a vida — a vida de que querem saber agora —, e na defesa da alegria de suas descobertas, os jovens escondem o fruto obstinado de suas escolhas.

Mas a que servem os livros? A resposta de que mais gosto é a de Jean-Paul Sartre: os livros servem para nos mostrar que somos humanos. Somos humanos, animais simbólicos. Buscamos razões, amplitude de pensamento, múltiplas formas de viver. Precisamos imaginar outros mundos, pensar em diferentes possibilidades, pois conhecer e transformar são eixos inerentes ao comportamento humano. Uma narrativa deve trazer em si esse potencial, como faz *Capitão Flirk e o artefato dos cinco elementos*, história de piratas, passaporte para um universo náutico de leis distintas da vida em terra, na visão impactante da imensidão do mar e no assombroso mergulho na solidão humana.

Quando nascem os piratas? A pergunta equivale a: quando nasce o ato de roubar? Roubar, pilhar, tirar bens de quem os tem, surgiu provavelmente com o ser humano. Os piratas, no entanto, caracterizavam-se por roubarem embarcações, em meio fluvial ou marítimo. É uma atividade intrínseca ao ramo da navegação, e que se atualiza conforme o avanço tecnológico, o que permite falar em pirata aéreo, pirata intergaláctico, pirata informático. A prática da pirataria teve seu período áureo entre a última metade do século XVII e o começo do XVIII e, embora fosse grande a distância entre a realidade e a forma em que era representada, as narrativas sobre o tema eram bastante populares. As duras condições da vida em constantes lutas e privações, o tratamento recebido por ocasião da prisão e condução a julgamento diferiam muito do *glamour* explorado pela ficção. O fato, porém, é que a vida livre no mar, cercada de perigos e conquistas, continua atraindo o interesse de enorme número de leitores.

O que, nessas existências errantes, serve para atiçar o imaginário de quem vive na segurança da terra firme, debaixo de um teto e protegido por quatro paredes? A matéria da literatura é esta, afinal — o que escapa à estabilidade, ao trivial. O trabalho de ler tem como recompensa conviver com vidas interessantes, misteriosas, ambivalentes, desviantes. Encontrar o mal, o perigo, mas ao lado disso a luta, a busca da legalidade, a resposta ética pela qual anseia grande parte dos seres humanos. Porque, se os piratas são admirados, também o são os que lutam contra eles, pondo um limite ao terror que inspiram. A criação artística orienta-se por essa luta entre bem e mal, virtudes e defeitos, e necessita de elementos capazes de comover as pessoas. A desmedida do orgulho, a *hybris* dos gregos, responde por personagens memoráveis, entregues à condição ébria da liberdade, passível de levar à destruição. A que se refere *Moby Dick*, de Herman Melville, senão ao percurso desarrazoado de um ser humano em vingança contra o animal que um dia o feriu de morte?

As narrativas de piratas são, portanto, percorridas por imaginários opostos, em contraponto de rebeldia e justiça. Espera-se, em geral, que esses seres terminem submetidos aos rigores da lei ou arrependidos, a fim de escapar às sentenças fatais. É o caminho do herói desta narrativa.

Ele gastou quase tudo que amealhara ao longo de três décadas como mercador e de uns três anos como corsário, autorizado pela Coroa Inglesa a saquear navios mercantes espanhóis. Com o abandono do corso pelas grandes nações, Flirk se viu obrigado a piratear no Caribe por alguns meses. Mas acabou desistindo, especialmente depois da lei inglesa que instituiu tribunais espe-

ciais para julgar piratas. Estes eram punidos com a pena de morte, como foi o caso de seu amigo escocês, William Kid.

Outras personagens têm trajetórias semelhantes à de Flirk. Long John Silver, o pirata pop de *A ilha do tesouro*, de Robert Louis Stevenson, arrepende-se de seus atos criminosos por temor ao duro julgamento. O famoso Capitão Gancho, criação de J. M. Barrie em *Peter Pan*, ampliada pelo cinema de animação de Walt Disney, não mostra remorso por sua vida de maldades, mas viverá temeroso do crocodilo que devorou umas de suas mãos e vive a rondá-lo, na esperança de completar a refeição.

Flirk é valoroso, de caráter nobre, apesar do passado pirata. Enérgico e justo nas decisões, é merecedor do respeito de todos. Esses traços, magnânimos e cavaleirescos, lembram o também pirata Sandokan, de *O tigre da Malásia*, de Emilio Salgari. Ambos se apaixonam por uma mulher e casam-se com ela. Flirk teve uma filha, que reapareceu subitamente e conseguiu embarcar no navio do pai, empenhado na busca do artefato dos cinco elementos. Com a quebra dessa lei primordial no mundo masculino da pirataria, o comandante é desafiado por um subordinado:

— Está louco, homem? Está questionando quem eu posso ou não levar no meu navio? Ambrose, eu sou seu Capitão!

Ambrose levantou a cabeça, com os olhos faiscando, cerrou os punhos e disse:

— Mas apenas continuará Capitão se assim o decidirmos. O senhor quebrou uma lei, então qualquer um pode, com base nos costumes piratas, convocar uma eleição entre todos os tripulantes para saber quem será Capitão!

Embora fossem malfeitores, piratas tinham suas leis muito bem estabelecidas. Entre elas, a partilha em partes iguais do produto do saque e a escolha democrática de um novo comandante, caso houvesse uma infração das normas por parte daquele que estivesse no poder. Esses fatores, aliados à perspectiva de enfrentamento dos poderosos, ventilavam ideias de igualdade e justiça, angariando, desde longo tempo, a simpatia das pessoas. Tal universo é aqui recriado com esmero pelo autor Marcelo Mesquita, que investe na redenção de Flirk e do grupo. Porém, a figura da busca pelo tesouro, intrínseca ao mundo dos piratas, não é abandonada. Entre a riqueza material e imaterial, o artefato guia aquelas vidas, que superam obstáculos com determinação, lealdade, destemor. Em sua empreitada, Flirk se defronta com elementos da antiga vida, e pode superá-los por meio da sagacidade e do conhecimento. Para Malet, como para Jim Hawkins, o simples e honesto rapazinho de *A ilha do tesouro*, alcançar o tesouro é parte da jornada individual de habilitação à vida adulta.

Malet trilha um caminho incomum para uma jovem do século XVIII, ainda que seja menos raro do que se quer fazer crer, muitas vezes. Sem ser membro de uma elite em que mulheres podiam receber refinada educação, a jovem tem acesso ao conhecimento por circunstâncias fortuitas de sua existência, mas principalmente por seu arrojo e visionarismo. Traz virtuosismo e ciência para a trama comum de intrigas, disputas, diários, que guardam antigos e poderosos segredos, sem abrir mão da destreza no manejo de armas singulares e sem deixar de lado a coragem em face das criaturas monstruosas que, junto ao pai, precisa enfrentar.

Com um pé no pós-moderno, marcando os acontecimentos pela rapidez e ação contínua e vocabulário próprio de um narrar antigo, oferece-se a leitoras e leitores, envolta nas roupagens do maravilhoso, uma experiência de valores e indagações. Leremos com entusiasmo as aventuras de Flirk, que, com Nelson e Malet, irá juntar-se ao panteão dos personagens movidos por um ideal, para o qual não medem forças. E depois? O que virá? O esquecimento? Novas leituras? *Robinson Crusoe*, o livro que entusiasma Malet? *O guia do mochileiro das galáxias*, de Douglas Adams, *O século das luzes*, de Alejo Carpentier, *O guarani*, de José de Alencar? *Os Lusíadas*, de Luís de Camões, *Ilíada*, de Homero? Buscaremos emoções mais íntimas, em *O morro dos ventos uivantes*, de Emily Brontë, em *O corvo*, de Manu Maltez? Ou dramas sociais como *Vidas secas*, de Graciliano Ramos, nos quadrinhos de Guazzelli ou *Fagin, o judeu*, do famoso quadrinista Will Eisner? Na mochila, esses e outros livros continuarão se espremendo, brigando por espaço, na tarefa de deleitar, gerar prazer, fazer perguntas, ensinar sobre a vida mais do que qualquer conhecimento ordinário.

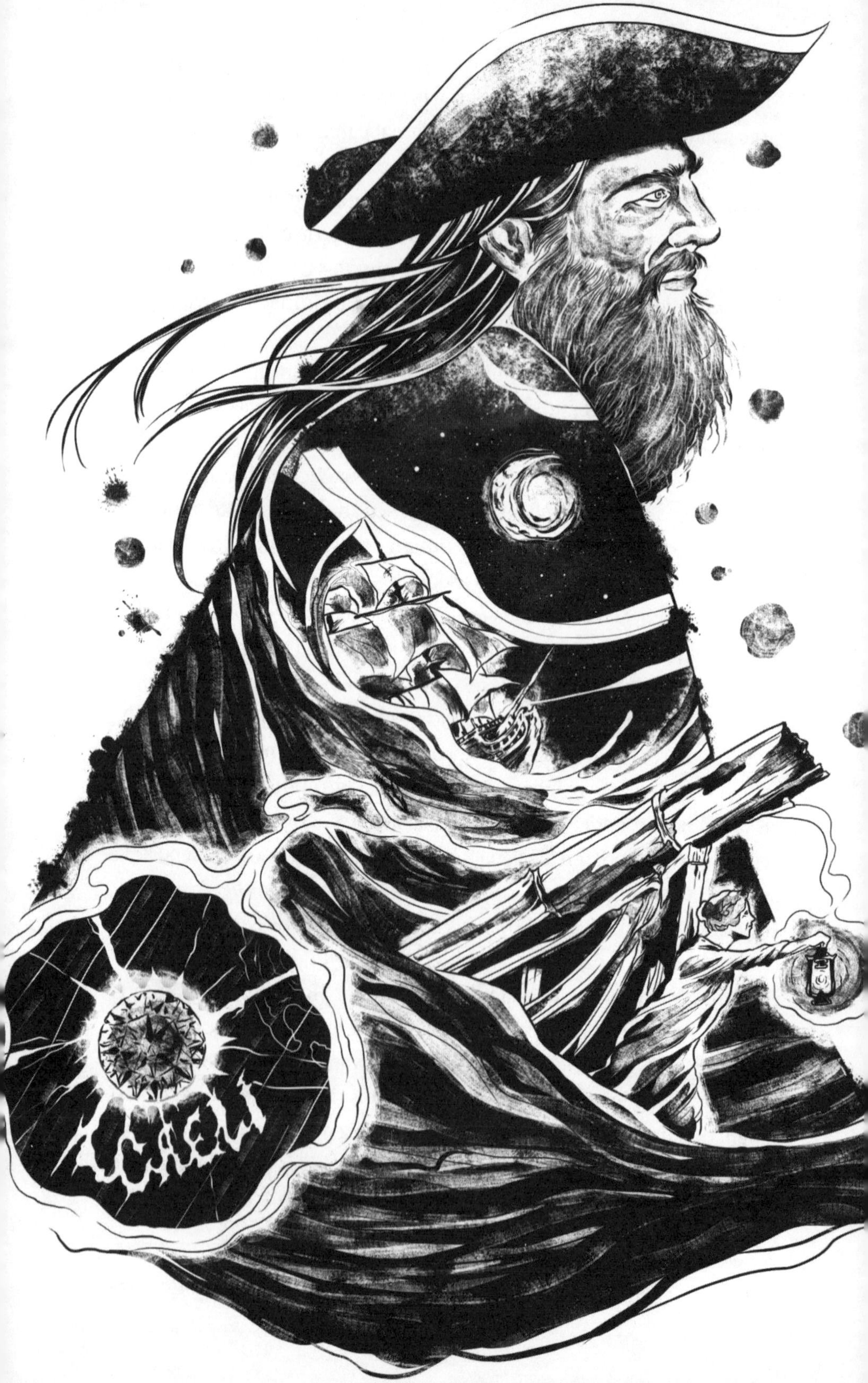

I
O Sentinela da Noite

Era madrugada quando o capitão Flirk mandou a tripulação baixar as velas e lançar âncora. Ninguém entendeu o motivo de fundearem tão longe da ilha, apesar de terem gostado da escolha. Aquela região era evitada, há muitas gerações, por quem navegava por ali. As histórias que permeavam o imaginário dos marujos eram aterradoras, de modo que a distância até a ilha trazia certo alívio.

Flirk Sullivan tinha nascido em meio a uma viagem de navio e foi registrado no primeiro porto, no sul da Inglaterra, onde vivia seu pai. Passava dos 50 anos de idade, algo incomum para as pessoas naquela época, em especial para um ex-pirata açoitado pelo tempo e pelas inúmeras batalhas. Seu farto cabelo liso e escuro como a noite contrastava com a barba crespa, toda branca, o que lhe garantiu o apelido de Capitão Orca, que poucos ousavam mencionar na sua presença. Contando com quase um metro e noventa de altura, corpo e músculos que não revelavam sua idade, ainda tinha o vigor de um jovem. Sua história de vida como mercador, corsário e pirata era por muitos conhecida.

O Capitão olhou para a ilha, palidamente iluminada pela lua minguante, e respirou fundo, como se quisesse encher o peito de esperança. Era a sua décima e, certamente, última visita. Não tinha mais ânimo para percorrer tantos locais e procurar o artefato ou, talvez, o que lhe faltasse fosse dinheiro para manter o navio e sua tripulação.

Ele gastou quase tudo que amealhara ao longo de três décadas como mercador e de uns três anos como corsário, autorizado pela Coroa Inglesa a saquear navios mercantes espanhóis. Com o abandono do corso pelas grandes nações, Flirk se viu obrigado a piratear no Caribe por alguns meses. Mas acabou desistindo, especialmente depois da lei inglesa que instituiu tribunais especiais para julgar piratas. Estes eram punidos com a pena de morte, como foi o caso de seu amigo escocês, William Kid.

Flirk, então, passou a viver dos salvados de naufrágios, vendendo os objetos que encontrava nos destroços, como utensílios, âncoras, canhões e metais preciosos, além do comércio local de algumas mercadorias. Tal atividade, todavia, não lhe permitiria financiar, por muito mais tempo, aquela busca insólita.

Todos os dias de sua vida, praticamente, Flirk passou dentro de barcos. O mar era sua casa, companhia, alegria, e também seu confidente. Tudo de bom que tinha auferido vinha dele. Da mesma forma, o que lhe ocorreu de mau, se o oceano não era o responsável, no mínimo, havia presenciado o seu infortúnio. Ele não gostava de ficar muito tempo em terra firme, o que, por incrível, dava-lhe vertigens. Quando atracava, preferia ficar em sua cabine.

O Capitão descendia de uma linhagem de marujos de todo tipo: piratas, mercadores, corsários, oficiais da marinha. Pelas muitas narrativas de seu falecido pai e de seu amigo e imediato, Nelson, criado como irmão mais velho, soube que, depois de vir ao mundo, em meio a uma tempestade no Cabo da Boa Esperança, teve como berço um barril de rum, feito de carvalho, cortado ao meio. Disso surgiu uma lenda. Dizem que o cheiro da bebida, exalado pelo leito improvisado, tinha-o protegido pelo resto da vida de embriagar-se. Por mais que bebesse, de modo algum apresentava qualquer mal-estar.

O Capitão, havia mais de trinta anos, vinha buscando o que era conhecido entre marinheiros, contadores e escritores de gazetas como o mapa dos mapas: o artefato dos cinco elementos.

Ao pensar em sua jornada, que custara tantas vidas, lembrou que o objeto, desejado por todos, havia sido encontrado por seu bisavô, Carnat Sullivan, de maneira casual. O mais surpreendente foi a forma como Carnat, o mapa, seu navio e quase a totalidade da tripulação tinham, de súbito, naufragado em local incerto, na mesma noite que encontraram o artefato. Os relatos que sobreviveram ao tempo, à loucura e à embriaguez dos náufragos, davam conta de que a embarcação havia submergido perto de duas ilhas gêmeas, na porção noroeste do Caribe. Isso era uma migalha de informação, mas depois de tantos anos de busca, nos quais Flirk havia praticamente esgotado todas as possibilidades, ele apostava seus dólares espanhóis de prata naquele local.

O dia amanheceu perfeito para uma busca. Água clara, cristalina, morna e parada, como se repousasse em um balde. O Capitão mandou descer os quatro botes com seus melhores mergulhadores. O objetivo era chegar a certa distância da parte sul das ilhas e procurar vestígios do navio que fora de seu bisavô, o Sentinela da Noite.

Conforme determinado, desceram as embarcações. Os marinheiros mais fortes remavam, enquanto os demais observavam a água transparente, à procura de alguma evidência de naufrágio. Depois de algum tempo, estando ainda distantes, cerca de uma milha náutica das ilhas — o equivalente a quase dois quilômetros —, chegaram a umas formações rochosas cobertas por não mais de três ou quatro metros de água. Aquilo era uma armadilha para os navios com um calado — a parte da embarcação que fica abaixo da linha d'água — naquelas dimensões ou no caso de a maré estar muito baixa ou o mar agitado.

Não foi preciso muito tempo para encontrar restos de um comprido barco. A princípio, todos ficaram agitados com a descoberta.

— Olhem, um leme enorme! — gritou um.

— Vejam, um sino de bronze! — falou outro.

E assim foi por longo tempo, até que a empolgação passou à pura frustração. Estavam descobrindo incontáveis restos de embarcações diferentes, o que dificultava a identificação precisa do navio que de fato importava, se é que ele estaria mesmo por lá.

Com o formato de uma grande ferradura com as pontas quase se tocando e, pelo menos, uns noventa metros de diâmetro, aquela formação rochosa apreendia no seu interior detritos de mais de uma dezena de afundamentos. O centro tinha entre seis e oito metros de profundidade, coberto de areia, com algumas poucas pedras despontando. Parecia um cemitério repleto de madeira, âncoras, canhões, caixas, pedras de lastro e almas perdidas. Depois de horas vasculhando o local, em meio a várias mãos e pés de marinheiros feridos nos entulhos e farpas de madeira, acabaram achando toda sorte de objetos, inclusive uma figura de proa: uma jovem senhora segurando uma lanterna. Aquelas esculturas, talhadas em madeira, adornavam os navios no intuito de demonstrar poder e, também, de permitir sua identificação, pois a maioria dos marujos não era letrada.

— É a figura de proa do Sentinela da Noite! — gritou um velho, quase caindo na água depois de tanto esticar o pescoço para melhor enxergar. Dois homens submergiram e removeram parte dos detritos. Sem dúvida alguma, tinham achado o navio!

Nelson, então, puxou uma pistola de bronze, que refletia como um espelho a luz do sol, e a disparou para cima, como se quisesse acertar o astro.

Flirk pulou da cadeira que ficava no convés de popa. Era o aviso! Eles haviam encontrado o navio de seu ancestral! O homem soltou um grito que deixaria surdo qualquer um que estivesse a menos de um metro.

Mais mergulhadores se concentraram no local do achado. Braços enormes reviravam tudo. Peitos cheios de ar lutavam para se manter o maior tempo possível embaixo da água, para depois retornar à superfície, pegar mais fôlego e voltar ao trabalho. Vasculharam tudo que podiam, menos uma área repleta de cacos de garrafas de bebida, evitada para não se cortarem. Assim, quase deixaram para trás um item retangular e negro, encoberto por uma fina camada de areia e restos de vidro.

Foi o imediato de Flirk que o avistou.

— Ali, levantem aquela quina!

Ao erguerem, revelou-se uma placa de metal escuro. Retiraram-na da água e entregaram a Nelson. Ao tocar o objeto, os pelos do braço do homem se eriçaram, seus olhos se arregalaram e ele engoliu em seco. Ela era feita de um metal levíssimo, opaco e negro. Tinha o tamanho de um mapa com menos de um metro de largura. O impressionante foi o fato de que não continha um único arranhão, mesmo depois de décadas de movimentação pela força das águas, esbarros em objetos, pedras e de atrito com a areia. Não existia, muito menos, qualquer alga ou craca grudada na superfície da peça. Era como se tivesse acabado de cair na água, depois de ser impecavelmente polida, e não estivesse há quase cem anos submersa!

Nelson, de tão entusiasmado, esqueceu de disparar o segundo tiro, sinalizando a descoberta, e ordenou com toda força:

— Puxem esses remos! Já para o navio! Força, seus frouxos! — falou rindo, extasiado e arrematou: — Bebida para todos do bote que chegarem primeiro!

Flirk estava ansioso com aquela movimentação. Não sabia o que havia acontecido, pois, se fosse o objeto, Nelson teria efetuado o disparo, conforme combinaram. "Será que alguém havia se ferido gravemente?"

Ele estava encostado na amurada quando viu a aproximação do primeiro bote, com Nelson portando um objeto negro.

— Nossa Senhora da Caridade do Cobre, será possível? — falou alto o Capitão, mesmo não sendo devoto daquela divindade que viria a ser a padroeira de Cuba.

Quando o barco tocou o costado do navio, Nelson escalou velozmente a escada de cordas. O Capitão, ao receber o artefato das mãos de seu imediato, ficou mudo de tanta emoção e estarrecido com sua beleza. Não conseguia se conter de tanta alegria. Correu para sua cabine e desabou sobre a cadeira, que rangeu com o peso do corpanzil, parecendo reclamar dos maus-tratos que recebia desde quando foi confeccionada em nogueira por Flirk, quando criança, e seu pai.

Ele ficou ali parado, por alguns minutos, apreciando o artefato e não teve dúvidas:

— Isto é o que vinha procurando durante mais de metade de minha existência — disse pesaroso.

Rememorou todas as histórias, passagens, cenas que envolviam o objeto, desde seu bisavô. Ao fazer isso, sobreveio-lhe uma mistura de sentimentos que o deixou sem ar e o fez suar frio.

Estava aliviado por provar que o mapa existia, depois de tudo, e agora poderia calar alguns que afirmavam ser mera lenda inventada pelos Sullivans para lhes conferir alguma fama. Estava feliz, por ainda ter saúde e forças para seguir com a sua jornada, mas amargurado por saber que aquele objeto tinha levado a vida de seu ancestral e de tantas outras pessoas. E, estava especialmente ansioso por tentar antever os inúmeros obstáculos que viria a enfrentar daquele momento em diante.

Depois do choque inicial, ele se levantou e colocou o artefato, com cuidado, sobre a mesa de mogno que tantas vezes havia utilizado para analisar cartas náuticas, mapas diversos e toda sorte de evidências que pudessem levá-lo ao encontro do Sentinela da Noite. Ali, passou a examinar o artefato de maneira mais detida.

De uma das gavetas do móvel, retirou alguns apetrechos de navegação, transferidor, régua, esquadro, lupa, compasso, e, com eles, pôde observar as nuances e colher as medidas da peça. Ela tinha precisos 89 centímetros de comprimento, 55 de largura e cinco de altura. Os cantos eram ângulos retos perfeitos. Todas as laterais foram entalhadas com símbolos estranhos até mesmo para Pierre, o médico do navio, um dos poucos instruídos de toda a tripulação. Ele estudara medicina na mais antiga universidade do ocidente, a *Alma Mater Sudiorum*, e era fluente em diversas línguas. De origem francesa, conheceu o Capitão em uma taverna, em Marselha, quando recebeu ajuda para fugir de um barão que desejava enforcá-lo por não quitar uma dívida de jogo. Desde então, vivia em meio aos tripulantes, pois enquanto não tivesse dinheiro para saldar o débito, não poderia pôr os pés na Europa com a segurança de que continuaria respirando.

Além de Nelson, Pierre foi o único a ser chamado na cabine para apreciar a relíquia. Ao ver os desenhos intricados, disse:

— De fato parecem caracteres de uma espécie de escrita, mas é muito diferente de tudo que conheço, Capitão! Até diria que são antigas, mas possuem tantos detalhes — falou o médico impressionado. — Alguns símbolos aparecem repetidamente, porém, por vezes, estão talhados mais ou menos profundo e, uns por trás dos outros, o que pode lhes dar diferentes significados de acordo com suas posições, aumentando o conteúdo semântico da informação.

Flirk arregalou os olhos e bradou:

— Semâ... semâ o quê, homem?! Fale minha língua!

— É uma escrita estranha, senhor, certamente não é europeia. Pode ter origem no Oriente — respondeu rápido o francês, tentando liquidar o assunto.

Flirk voltou ao seu exame. Toda a placa era de um negro opaco e escuro como betume. As superfícies aparentavam ser planas em toda a sua extensão e uma das faces era completamente lisa. A outra continha cinco orifícios cônicos, um tanto rasos, medindo 2,35 centímetros de diâmetro cada. Eles estavam dispostos em formato de um pentágono regular, com um dos vértices apontado para cima, alojado no centro do objeto. Cada lado do polígono media 21 centímetros. Nos lados esquerdo e direito do pentágono, próximos às extremidades e centralizados no eixo longitudinal da face superior, havia dois desenhos. O primeiro em formato de cruz e o outro, uma complexa rosácea. Ambos feitos com detalhadíssimas espirais, quadriláteros e triângulos, talhados com sulcos delicados.

Flirk, da mesma forma que seu imediato, ficou pasmo com o estado de conservação do artigo. Era algo inexplicável à luz do conhecimento, ao menos daqueles marujos. Apesar das condições a que esteve submetido por tanto tempo, era como se houvesse acabado de sair das mãos do artesão que o criara.

O orifício à esquerda do vértice superior estava cercado de desenhos e, logo abaixo, entalhado em finas linhas e elegante fonte, a palavra: AER.

— Que raios isso quer dizer? — perguntou retoricamente o Capitão, achando que ninguém seria capaz de responder.

— AR em latim, chefe! — disse Pierre contente.

Ao analisar os desenhos no entorno do furo e após uma vida no mar, Flirk não teve dúvidas e exclamou:

— É o mar das Caraíbas e algumas de suas ilhas! Estou certo disso!

Logo depois, notou que o desenho ao redor do orifício era do seu conhecido porto de Klinard.

— Nelson, prepare tudo, vamos navegar ao primeiro sinal de vento! — bradou Flirk entusiasmado.

Mal terminou a frase e uma lufada de ar soprou forte, fazendo a boca banguela daquele homem abrir-se, ainda mais, em um enorme sorriso.

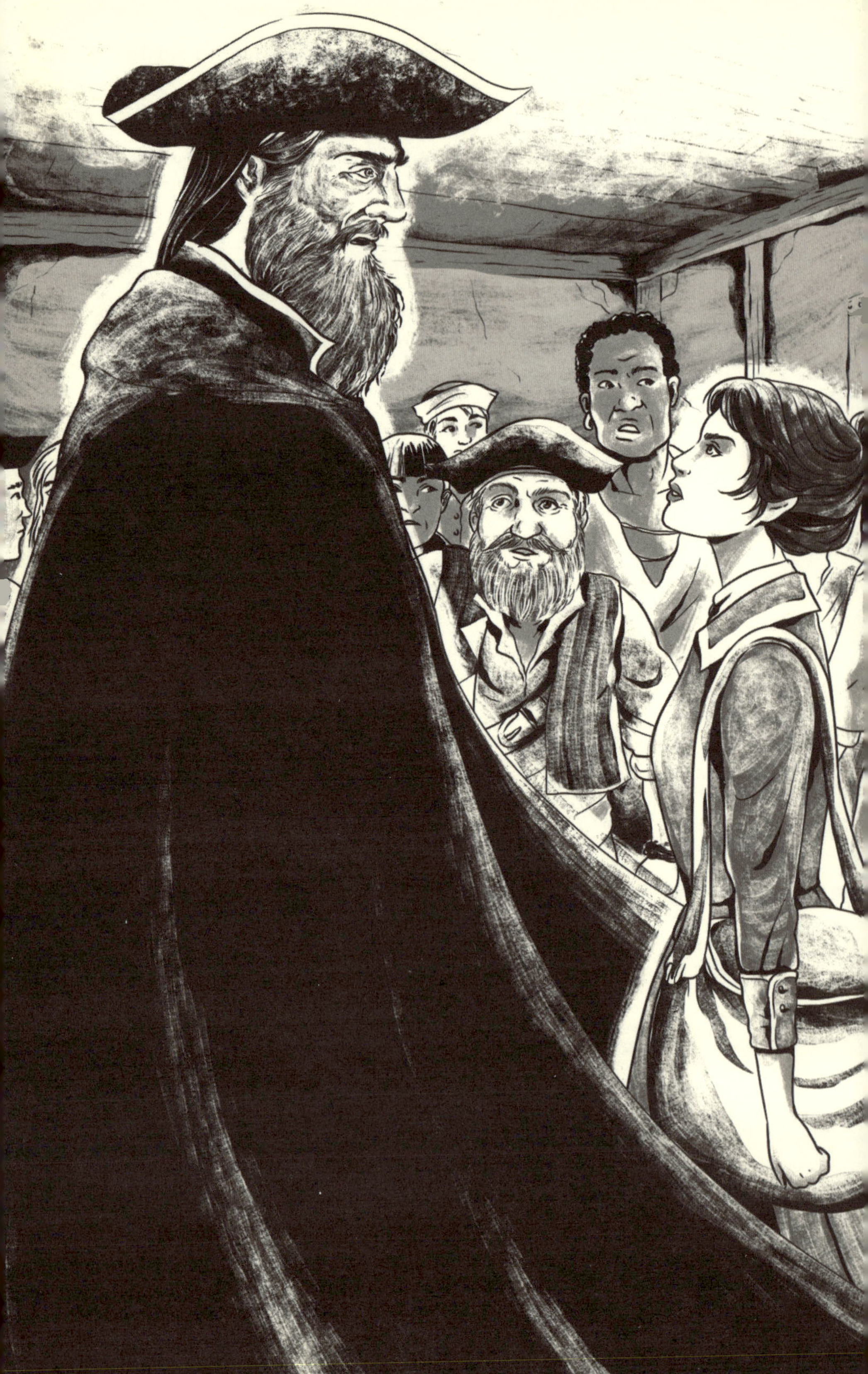

II
Mia Donna

Q UE COISA GRUDENTA É GORDURA DE PORCO! — FALOU Malet, ainda sentindo as mãos pegajosas.

Tia Margareth sorriu, mostrando os belos dentes e as covinhas nas bochechas, iguais às da mãe da garota.

— Vamos, querida, limpe-se direito ou vai engordurar seus livros! — disse a mulher, após terminarem de lavar os pratos usados na refeição da noite anterior.

Era muito cedo, todos na casa tinham suas tarefas, inclusive a jovem Malet. Apesar de não ter arrumado um emprego, ela procurava ajudar no que podia, afinal, fazia uns seis meses que havia retornado do sul da Inglaterra para Hispaniola.

Depois de lavar a louça, Malet se sentou na varanda para terminar de ler mais um livro, desta vez, um romance. Apesar de não lhe agradarem os livros de ficção, ela se deliciou com o enredo deste último, recém-publicado, que narrava a aventura de um náufrago. Robinson Crusoé ficou 28 anos em uma ilha remota, justamente na região do Caribe, onde Malet estava morando.

O marido de sua tia, um comerciante de bebidas, ao sair para trabalhar, passou por ela e falou em voz alta, para Margareth ouvir:

— Santo Deus, mulher! O que vai ser dessa menina? Não sabe bordar, coser, limpar e nem cozinhar algo que preste! Somente vive lendo esses livros.

Malet, como sempre, ignorou o homem. Não compreendia como a tia — uma mulher jovial, à frente de seu tempo — estava com aquele brutamontes que achava que mulher tinha lugar e tarefas "apropriados". Quanta estupidez!

Diante da circunstância, lembrou-se de uma poetisa, escritora e filósofa, Margaret Cavendish, que demonstrou terem as mulheres a mesma capacidade intelectual que qualquer homem. Então, olhando para cima com um amplo sorriso, pensou: "Quando eu tiver minha casa, vou escrever na parede da sala de estar, defronte das cadeiras das visitas, para que entendam com que tipo de mulher estão lidando: 'As ideias, os feitos, as descobertas ou, mesmo, as linhas de um livro não possuem gênero, raça, credo ou status social. Apenas uma mente tíbia, limitada pela ignorância ou enviesada pelo preconceito, pode lhes diminuir o valor, por quaisquer desses falsos motivos.'"

Malet interrompeu sua divagação ao ver que do outro lado da rua vinha correndo um colega de infância, Juan, com seus 16 a 18 anos, cabelos encaracolados, negros, olhos cor de amêndoa e cheiro de café. Depois do retorno da garota, ele se inteirou um pouco da vida da amiga e, especialmente, de seus projetos. Ele se encostou no alpendre, sem fôlego, todo suado, e disse, quase sem voz:

— Malet, você não vai acreditar. Eu vi o Mia Donna no cais do porto! Soube que ele atracou no início da noite trazendo o Capitão Flirk Sullivan.

Ao ouvir o nome do navio, ela falou para o rapaz, esbaforida:

— Preciso encontrá-lo antes que parta. Ajude-me a arrumar minhas coisas, por gentileza! Vou deixar mais uma vez esse Porto de Klinard e espero não voltar!

Juan, ao ouvir aquilo, tentou disfarçar, mas seus olhos denotavam acentuada tristeza com a notícia. Todavia, o que poderia fazer? Sabia que demover Malet de uma ideia era o mesmo que tentar ensinar truque novo a cachorro velho e acabou rindo da própria comparação.

A notícia de que o velho Capitão havia encontrado, há menos de uma semana, o artefato dos cinco elementos havia rodado os portos, vilarejos e cidades da região. Não tardaria e logo todos os sete mares saberiam da façanha dos Sullivans que, pela segunda vez, encontravam aquela preciosidade.

Malet pegou suas coisas e colocou-as em uma velha bolsa de lona que fora de sua mãe. Entre os poucos pertences que tinha, levava algumas roupas, material de higiene pessoal, um pente de osso de baleia dado pelo tio Nel, uma caixinha com espelho de sua avó, que escondia uma raridade, além da antiga espada de um de seus bisavôs maternos, mantida enrolada em um pano, distante de olhares curiosos.

Despediu-se de Juan, dando-lhe um beijo na testa, menos demorado do que talvez desejassem, mas o suficiente para experimentarem a eternidade em poucos segundos, e foi falar com sua tia.

Quando avistou Malet com a mesma bolsa que havia chegado meses antes, Margareth compreendeu que o tempo das duas tinha acabado. Elas se abraçaram por uns dez minutos, chorando, sem falar nada. Ao final, Malet se afastou e disse:

— Obrigada por me receber, tia. Até sempre!

— Até sempre, querida! — respondeu, comovida. — Sei que não gosta de despedidas, então, estou certa de que encontrarei um bilhete sob seu travesseiro.

— Óbvio que sim, tia! Te amo! — disse, correndo rumo ao porto, enquanto tentava dissipar as lágrimas com o vento e substituí-las por suor.

Margareth entrou no quarto que cedera para Malet. Era bem simples, pintado de branco, com uma cômoda, uma bacia, um espelho clássico de moldura prateada, um armário com diversos livros trazidos pela garota e uma cama com dossel antiquíssima que fora da avó de Malet.

A tia se aproximou do leito, todo arrumado com lençol e cobertor impecavelmente esticados, como era costume da garota. Levantou o travesseiro e o abraçou, soltando no ar o aroma doce da sobrinha. Embaixo dele estava o bilhete deixado pela jovem, escrito com muito esmero, mesmo para quem tinha aprendido a ler e escrever tarde:

Amada tia Margareth,

Depois de anos tentando encontrar meu caminho, após mamãe ter partido, vejo que a oportunidade surgiu. Posso não enxergar em qual porto descansarei no futuro, mas sei que agora devo levantar âncora, encarar desafios, enfrentar o passado e ver para qual rumo o barco da vida me levará.

Estou certa de que tempestades virão, dúvidas surgirão, a vontade de virar o timão e mudar a rota tentará me dissuadir, mas os ventos sopram em determinada direção por um motivo.

Depois de muito ler, ter almejado conhecimento e desejado compreender meu papel no mundo, vejo que estou longe da resposta, todavia, uma certeza eu possuo: o importante é a viagem.

Tenho uma fé inabalável de que as boas ações, a responsabilidade diante de minhas escolhas, a clareza de propósito, a firmeza de caráter e, em especial, o desejo de fazer o bem e assim ficar em paz, como você e mamãe me ensinaram, certamente me conduzirão a um destino feliz e seguro.

Saiba que carrego o sorriso da senhora nos meus mais doces pensamentos, sua imagem nas minhas melhores lembranças e seus ensinamentos nas minhas mais importantes decisões.

Que a senhora tenha uma vida feliz e abençoada, como a que sempre me desejou!

Com amor,
Malet.

P.S.: Troque esse grosso do seu marido pelo senhor Manfred, o sorriso dele não é apenas em razão dos bolos fabulosos que a senhora lhe vende toda semana!

Margareth chorou rios e gargalhou como nunca. "Uma mistura que só Malet poderia proporcionar." Pensou, reconfortada.

Malet partiu na segunda hora da manhã, rumo à estalagem que ficava próxima ao cais. Lá, com toda certeza, conseguiria alguma informação. No caminho, porém, viu uma longa fila em frente ao armazém de Edgar, o Velho. Encostou-se por ali e descobriu que lá estava o imediato do Mia Donna, escolhendo membros para completar sua tripulação. Malet ficou tentada a entrar disfarçada, cortando seu cabelo e se vestindo como homem, mas isso era bobagem e acabou rindo sozinha da ideia.

Era óbvio que buscavam homens parrudos, fortes e saudáveis para a aventura que estava prestes a se iniciar. E, mesmo tendo a inteligência e a agilidade de vários daqueles homenzarrões, Malet era franzina e tinha pouco mais de 1,60 metro de altura.

A garota ficou pelos cantos ouvindo os comentários que efervesciam na longa e desarrumada fila, gerando muita confusão:

— Vou conseguir embarcar, vocês vão ver! Ficarei rico quando acharmos o tesouro! — falou um empolgado.

— Não se apresse, amigo! Com tanto otimismo você vai perder rapidamente a cabeça no primeiro confronto que tivermos! — retrucou outro na fila.

E assim seguiu por cerca de uma hora: histórias de monstros marinhos, hidras, polvos gigantes, sereias, fantasmas, tesouros, joias raras. Era um grande burburinho, com narrativas de todo tipo, mistura de lendas com histórias de livros, estimuladas por fatos vividos e imaginados.

Em seguida, passou um homem forte, de capa preta remendada, com cabelos negros fartos e volumosa barba branca. Era, indubitavelmente, o "Orca". Ela o seguiu e entrou sorrateira no armazém, vendo-o encostar-se ao lado do imediato. Quando Malet se aproximou, Flirk foi absorvido pelos olhos verdes-esmeralda da garota. Era como observar um espelho. Ela, de início, ficou nervosa, mas se acercou sem desviar o olhar. Ele retribuía, fitando-a curioso.

— O que quer aqui, mocinha? Está perdida? — perguntou ele com ironia.

Malet não se afetou e respondeu de maneira impertinente:

— Quero compor a sua tripulação, Capitão Flirk!

Ele e os homens ao seu redor gargalharam alto.

— Uma mulher na tripulação? Impossível! Pensa em dormir em meio a esses marujos fedorentos? — zombou, quase perdendo o fôlego com o riso.

— Não, senhor. Pensei em uma das camas de sua cabine! — asseverou, resoluta.

— Não procuro uma camareira, menina! — disse o Capitão, cerrando os punhos e ficando zangado.

Ela então baixou os olhos, já marejados, não por temor, mas por pura tristeza, e disse, quase soluçando:

— Mas deveria ter procurado pela filha!

Ela virou a cabeça, deu as costas e saiu rápido. O Capitão ficou perplexo, seus olhos verdes como folha, perderam todo o brilho e ele quedou-se boquiaberto e pensativo. Parecia que uma âncora de um galeão enorme havia desabado sobre ele. Estava se sentindo minúsculo, covarde, tolo, e não podia acreditar que aquilo fosse possível.

Nelson, em décadas, jamais tinha visto o chefe com aquela reação. Parecia um morto-vivo, completamente imóvel, olhando o vazio. O imediato correu atrás da garota; precisavam conversar.

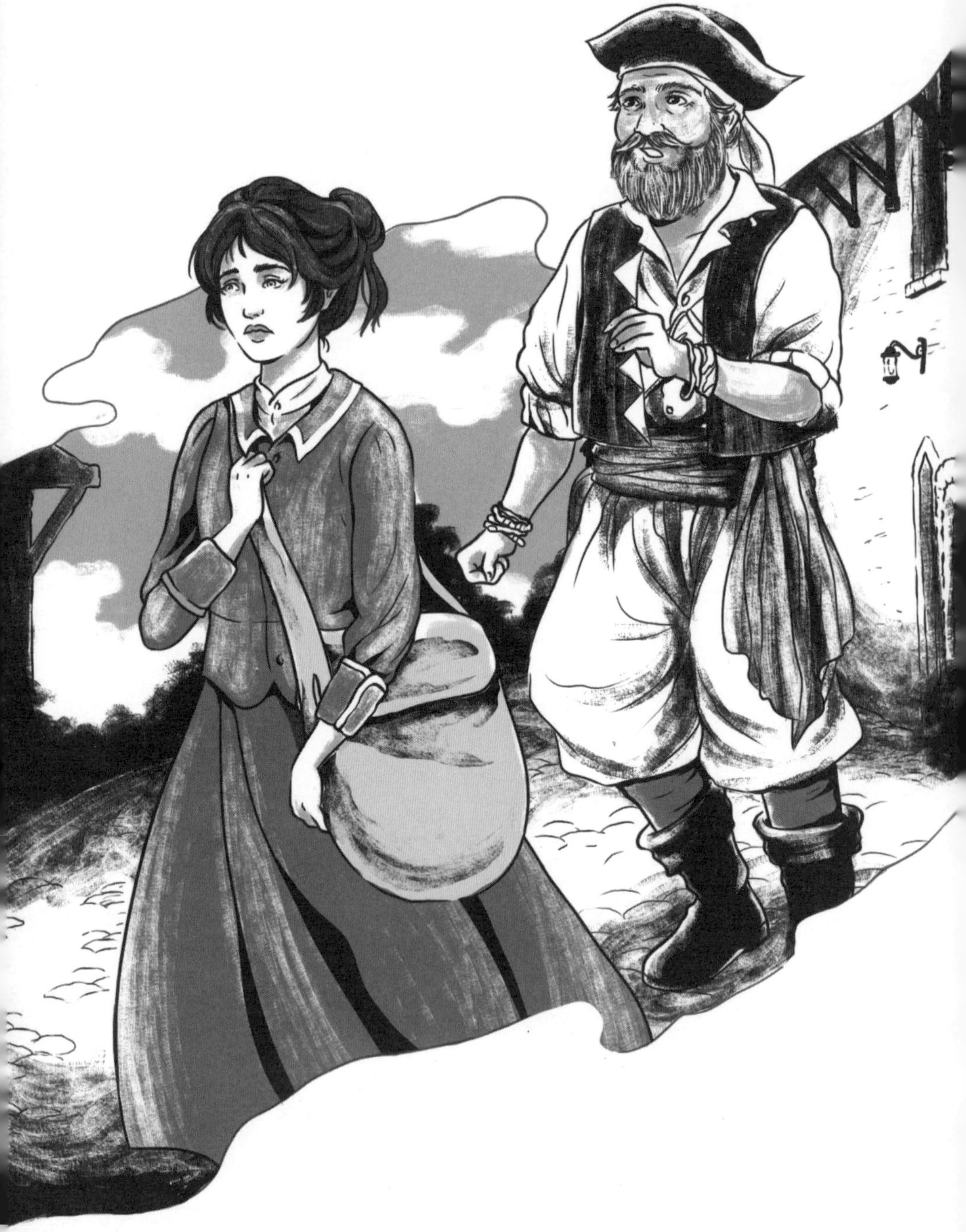

III
Oi, tio Nel...

NELSON HERNANDEZ ERA UM MARINHEIRO EXPERIENTE e teve como primeiro capitão Jacob Sullivan, pai de Flirk, que praticamente o adotara.

O genitor de Nelson também tinha sido tripulante de Jacob e morreu de escorbuto, após uma longa viagem até as Índias Orientais, logo depois que Nelson nasceu. A mãe, da mesma forma, partira ainda jovem, levada pela cólera — doença muito comum na região onde vivia, em face da péssima qualidade da água. Antes de morrer, já bastante debilitada, soube que o antigo patrão de seu falecido marido estava no porto de Barcelona, para onde se dirigiu e lhe suplicou que levasse o menino e lhe desse uma oportunidade. Ela foi incisiva ao dizer que Jacob devia a vida ao seu marido, o que era verdade. O homem havia se jogado na frente do Capitão e levado uma bala em seu lugar, ao serem atacados por piratas na costa africana, anos antes.

Jacob, então, um famoso mercador na época, criou o menino a partir de seus nove anos de idade, sendo três ou quatro anos mais velho do que Flirk, já órfão de mãe. As crianças cresceram juntas em meio à tripulação e se tornaram experientes marujos.

Nelson nutria uma relação de amizade e respeito por Flirk e o considerava um irmão, mas era assombrado por um sentimento de ciúmes e frustração. Por vezes, imaginava que poderia ter herdado o navio de Jacob e ser ele o comandante, e não o mero imediato. Ninguém tinha se dedicado tanto à vida no mar, àquela tripulação e à embarcação, nem mesmo Flirk, que em determinada época havia conhecido a esposa, mãe de Malet, e cogitou deixar a vida marítima para trás.

Quando pensava assim, sentia-se culpado e procurava ficar agradecido por ter chegado até a nobre função de imediato, pois se aquela família dos oceanos o tivesse rejeitado, não tinha ideia de quem seria, ou de onde estaria, hoje. Quem sabe não passaria de um larápio ou, pior, estaria em um cemitério de indigentes.

"Será ela, realmente, a filha de Sullivan?" — indagou-se.

Nelson estava, ao mesmo tempo, apreensivo e esperançoso, então gritou:

— Malet, espere! Precisamos conversar. — Foi correndo até ela e tocou seu ombro.

Ela se virou e respondeu:

— Oi, tio Nel... — disse baixinho, da maneira que costumava chamá-lo quando ainda pequenina.

— É mesmo você, criança! — disse Nelson radiante. E se abraçaram em silêncio por um longo tempo.

— O que houve com você? Por onde andou? Pensávamos que você havia morrido!

A garota se recusou a responder e chorou.

Nelson lembrava com detalhes da menina de olhos graúdos, curiosa, de extrema doçura e forte espírito aventureiro. Era muito ousada e adorava desafiar o pai, além de ser um tanto birrenta e tudo contestar. Fazia questionamentos sobre assuntos diversos a qualquer um que lhe desse o mínimo de atenção e coitados daqueles que não formulassem uma resposta convincente! E nem sempre o faziam. Os marinheiros do pai, muito vividos em assuntos do mar, sofriam para versar sobre temáticas que não dominavam.

A garota tinha, entretanto, dificuldades de se relacionar com outras crianças e achava as brincadeiras triviais, sentindo-se só e isolada.

Apesar de toda admiração que tinha pela menina, Nelson a via de maneira muito esporádica, da mesma forma que Flirk. Isso se dava, basicamente, apenas quando eles aportavam em Klinard — onde Malet vivia; e era o segundo maior porto de Hispaniola, só perdendo para o antigo reduto pirata de Tortuga — ou em algum porto vizinho que ficasse a menos de um dia de cavalo. A mãe de Malet fazia um vasto esforço para levar a criança ao encontro do pai, apesar de ela própria não desejar vê-lo nunca mais.

Nelson carregava demasiada tristeza por não lembrar da última vez que vira a garota, quando ela deveria ter uns onze ou doze anos de idade. Isso o fez ponderar se a fria água do mar, pela qual viviam e morriam, estaria gelando seu coração como sucedera com Flirk. Será que teria o mesmo fim solitário e amargurado? Questionava-se com frequência.

Malet se afastou um pouco, como se essa distância pudesse abrir um fosso para quebrar o clima ruim entre eles, e disse:

— Não quero conversar, tio Nel, me perdoe. Preciso ver o Capitão.

Ele assentiu, triste, certo de que também a havia magoado. Passaram no armazém, mas Flirk já havia se retirado e seguiram rumo à embarcação.

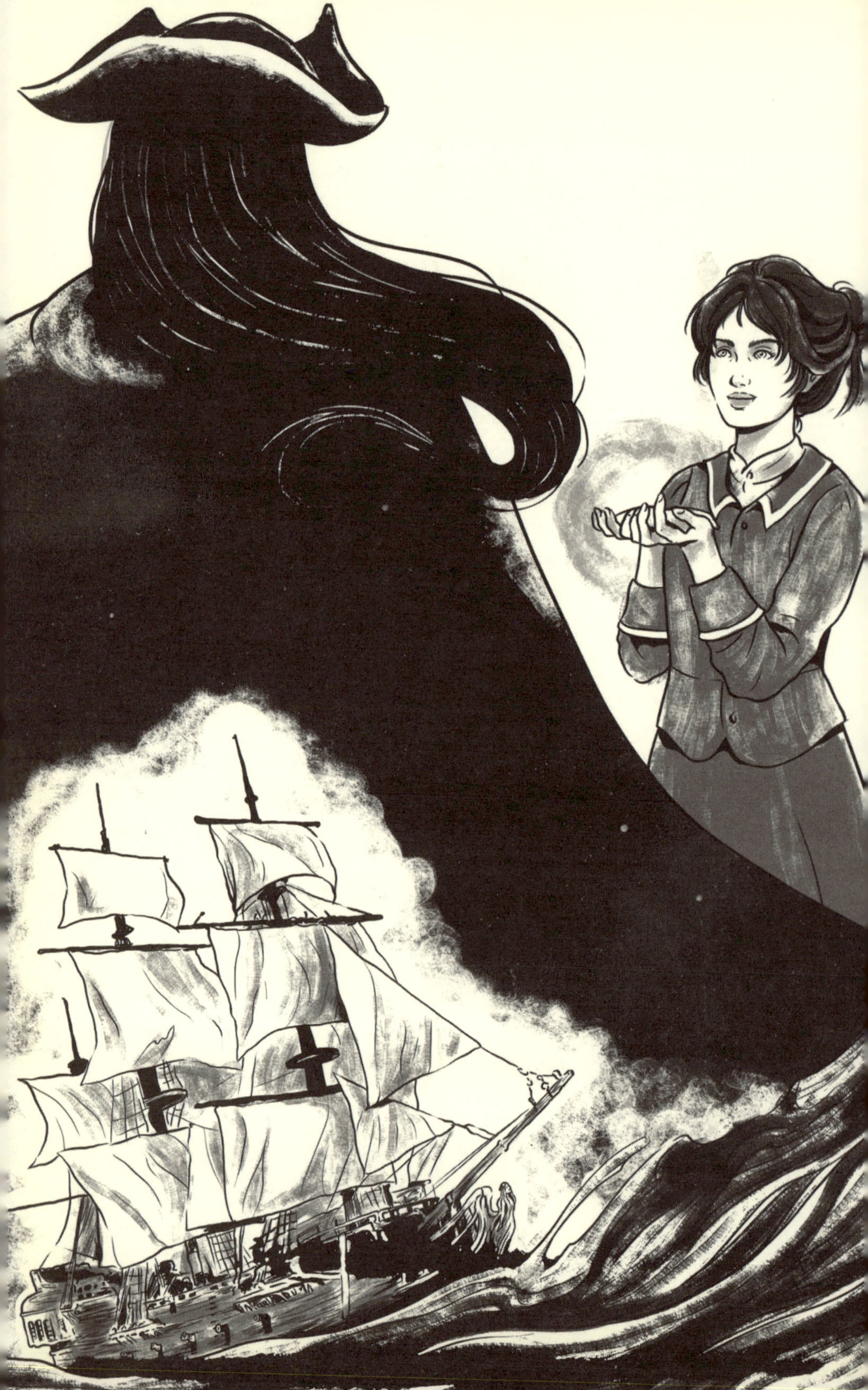

IV
Quatro!

DEPOIS DE CAMINHAR VAGAROSAMENTE, SEM TROCAR uma palavra por todo o percurso, Malet e Nelson chegaram ao píer, onde estava atracado o velho Mia Donna. Malet contemplou a embarcação com ternura e admiração. Há muito que não o via de tão perto. Ela o conhecia por completo, como se fora o brinquedo predileto, inteirada de cada detalhe, de cada compartimento e de todos os conveses. Brincou demais em cada ponto daquele mundo de madeira, desde pequena. Era raro que um navio tão antigo ainda velejasse tão bem. Não era de grande porte, como alguns mais modernos, utilizados para transporte e defesa ou mesmo para abordar e pilhar, mas era extremamente ágil nas manobras, rápido e fácil de esconder.

Tinha cerca de 24 metros de comprimento, com 3 metros de calado e 2,5 metros de costado. Ostentava três mastros, o maior com cerca de 25 metros de altura. Apresentava marcas de reparos por toda parte, afinal, nada mais corriqueiro do que consertar uma vida de danos sofridos por balas de canhão, colisões, intempéries. Malet, ávida por leitura, talvez o apelidasse de Navio de Frankenstein, se tal história não tivesse sido escrita quase cem anos depois.

A madeira, na maior parte carvalho, estava enegrecida, depois de anos de pintura de piche quente para selar os encaixes e evitar a entrada de água e a degradação pelo contato com o mar. O produto exalava um cheiro forte, que se misturava ao de rum, de tabaco para fumo e de enxofre da pólvora que abastecia os canhões.

— Isso é maravilhoso! — deixou escapar, depois de inflar o peito com uma demorada aspirada de ar — Ahhh! Os canhões! Eles são magníficos! — deslumbrou-se mais uma vez a jovem.

Havia dois deles, tão colossais, um em cada lado do Mia Donna, que, se um caísse no mar, Malet tinha a certeza de que o peso do outro adernaria a embarcação. Ao todo, eram 13 canhões de bronze, os melhores que se poderiam comprar. Seis a bombordo, seis a boreste e um menor na popa do navio, usado para sinalização. Este último era todo talhado nas laterais e tinha uma cabeça de leão forjada na retaguarda. Era o predileto da garota, que o lustrava sempre que subia a bordo.

Na proa, havia a figura de uma nereida — ninfa do mar — esculpida em cedro. Jacob, avô de Malet, adorava as histórias da mitologia grega, razão pela qual rebatizou o navio logo que o adquiriu de um mercador espanhol, dando-lhe o nome de Galateia. Posteriormente, Flirk herdou a embarcação do pai e, quando conheceu Mia, mãe de Malet, em sua homenagem passou a chamá-lo de Mia Donna, um trocadilho que em italiano significa: "Minha Mulher". O nome foi gravado com letras garrafais nas laterais do bico de proa e pintado com tinta cor azul da Prússia, a tonalidade predileta daquela valente e linda mulher, sobre um fundo branco, para conferir maior realce.

Malet atravessou a rampa, com um nó na garganta ao pisar no convés de novo. Viu-se correndo, ainda menina, carregando uma espada de madeira, feita por seu avô e que fora de seu pai. Quase cinco anos haviam-se passado desde a última vez que entrou no Mia Donna.

Alguns componentes da tripulação, que não haviam desembarcado por não terem nada para visitar em terra — família, posses ou pertencimento —, ficaram impressionados ao verem aqueles olhos tão parecidos... Poucos homens da velha tripulação, que ela conhecia, ainda estavam a bordo. Muitos desertaram, outros foram engolidos por uma vida de jogatinas, de bebida ou, simplesmente, por tubarões.

Dirigiram-se até a entrada da cabine do Capitão. Nelson apontou a porta, baixando a cabeça e dando a entender que entrasse sozinha. Foi o que ela fez, depois de bater com os nós dos dedos quatro vezes, com a primeira batida mais forte, como fora ensinada pelo pai.

Quando entrou, viu Flirk de costas, sentado em sua cadeira virada para as grandes janelas de vidros quadriculados, tantas vezes trocados. Tinham cores, transparências, espessuras e qualidades tão diferentes que distorciam a imagem vista, como um caleidoscópio gigante, trazendo um colorido para um mundo real cujas cenas não costumavam ser belas.

A mobília era a mesma, muitas cômodas; armários para guardar toda sorte de apetrechos; a vasta mesa de reunião e navegação; alguns pequenos quadros antigos pendurados; duas camas; e armas presas na parede, como mosquetes, pistolas e sabres. O cheiro de madeira era acentuado, ainda mais com aquele clima úmido.

O homem levantou, virou-se lentamente para Malet e disse, com a voz embargada:

— Minha filha... Perdoe-me, eu não sabia que estava viva!

— Tudo bem. Não quero falar sobre esse ou qualquer outro assunto que não seja o que me traz aqui! — disse ela com aspereza.

Flirk não ficou chocado com a resposta e não podia esperar nada diferente. Ela era determinada, teimosa e ríspida como ele. A doçura que herdara da mãe parecia ter se esvaído pelas lágrimas. Ele resolveu então, ao menos naquele momento, não insistir:

— Pois não, Malet. O que deseja? — disse, tentando angariar a confiança da filha.

— Quero embarcar com o senhor para encontrar os quatro elementos! — falou, decidida.

— Isso não! Você não tem noção dos perigos e adversidades que poderemos enfrentar! Já lhe perdi uma vez, não me arriscarei novamente — retrucou quase gritando.

— O senhor não tem escolha. Sei das ameaças e caminhos tortuosos que teremos a enfrentar. Mas vim para dar cabo a esta busca insana na qual minha família escolheu enveredar, que custou a vida de tantos, como a de minha mãe.

— Malet, você não entende a complexidade dessa jornada. Não sabe, sequer, que precisamos encontrar não quatro, mas cinco elementos! — disse, exasperado.

A garota abriu sua bolsa de couro e dela tirou a caixinha de espelho presenteada pela avó. Dentro, havia um pequeno embrulho. Desenrolou o pano antigo, de lá extraiu uma gema de água-marinha e bradou:

— Quatro, Capitão Flirk Sullivan!

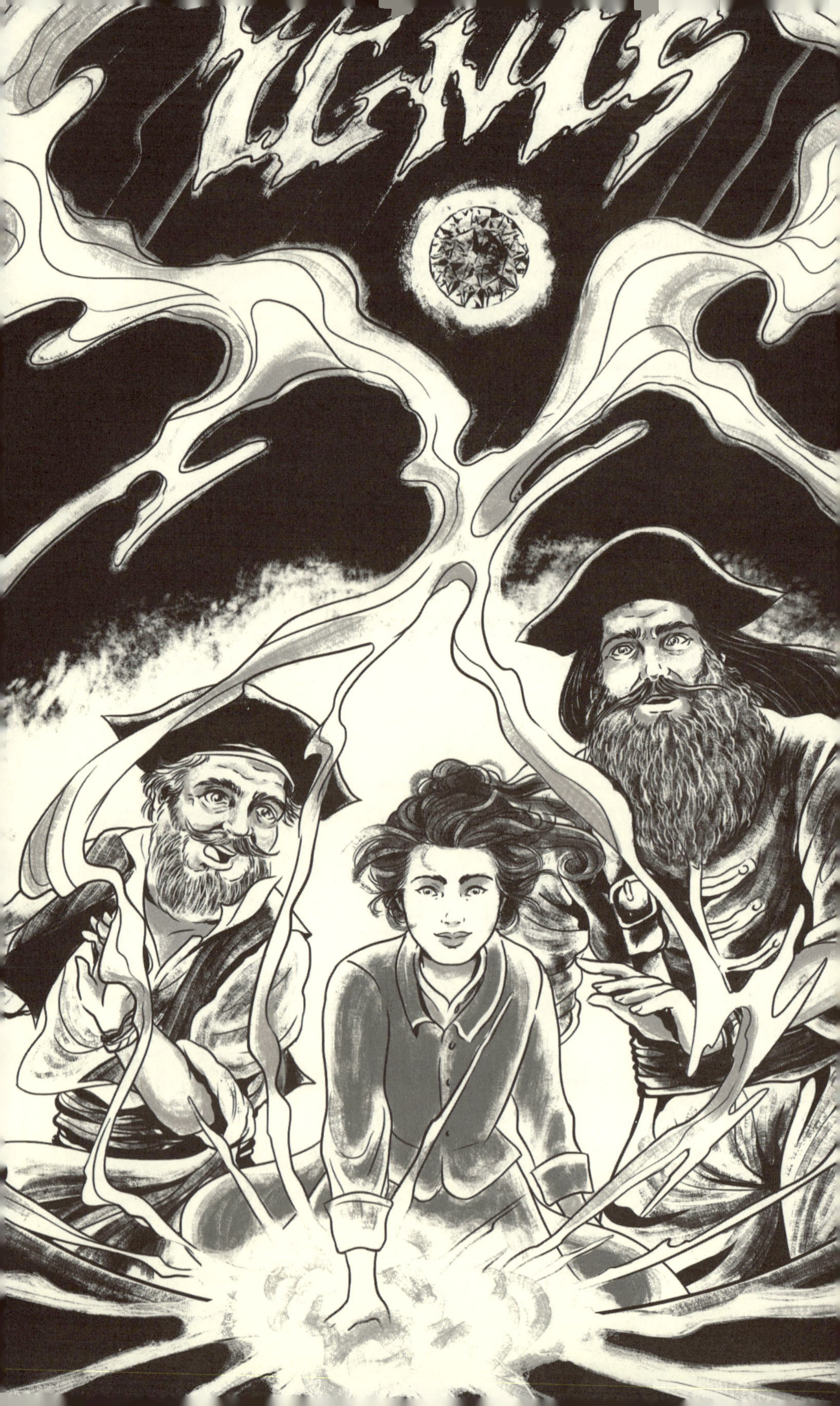

Mãos invisíveis!

F LIRK, FASCINADO PELA PEDRA DE ÁGUA-MARINHA, chamou seu imediato à cabine. Enquanto isso, levou a pedra até a janela para nela ver incidindo a luz do sol. Era perfeitamente translúcida, exibia um azul-esverdeado claro, um brilho intenso, sem qualquer impureza. Nada similar havia passado por suas mãos, mas, pelo tanto que sabia acerca de pedras preciosas, tinha certeza de que aquela era única. Media exatos 2,35 centímetros de diâmetro, lapidada em forma de brilhante, com 57 facetas.

A gema, presente da avó para Malet, havia pertencido ao seu trisavô materno, um pescador que, como seus pais, viera da Inglaterra para tentar a vida no Caribe. A avó disse para a neta que, ao ganhar a pedra, o trisavô contou-lhe que a havia recebido de um homem cuja vida ele salvara do naufrágio de um navio chamado Sentinela da Noite. O sobrevivente o fez jurar que iria guardá-la sem jamais a vender, pois qualquer cobiça em relação à pedra poderia desencadear infortúnios. Como o trisavô era um homem de palavra, jamais descumpriu a promessa.

A avó de Malet, ao saber do relacionamento de sua filha Mia com um tal de Capitão Flirk Sullivan, que fazia uma busca tresloucada pelo artefato, lembrou-se da pedra e da estranha coincidência de ter vindo do navio do bisavô de Flirk e guardou a gema por muitos anos até que a entregou para a garota dizendo: "Guarde consigo, quando chegar a hora, você saberá como usá-la."

Depois de examinar a pedra, o Capitão pegou uma chave incomum, que trazia pendurada no pescoço e se dirigiu até uma urna de madeira maciça no fundo de sua cabine. De lá, retirou uma placa de metal negro, colocando-a sobre a mesa.

— O artefato dos cinco elementos! — disse Malet, empolgada.

Ele a deixou examinar meticulosamente a peça por alguns minutos. Falou das propriedades do material, dos desenhos, descreveu as dimensões do objeto. Depois, disse entusiasmado:

— Vamos, Malet, coloquemos a gema em seu devido lugar!

Ela sorriu, pegou a pedra, e com delicadeza, a encaixou no local onde estava escrito CAELI. Passados uns três segundos, a placa passou a vibrar de maneira muito intensa. A oscilação era tão espantosa que fez todo o navio ranger. Uma corrente de ar fortíssima soprava em torno do objeto. Nelson chegou a se segurar, os dentes dos marujos tremeram, alguns gritaram de dor, mas logo o fenômeno passou. Em seguida, a placa começou a produzir novas linhas em torno do orifício seguinte, deixando o mapa um pouco mais completo e, por fim, foi entalhada a palavra IGNIS, logo abaixo do local onde se introduziria a segunda gema. O episódio foi acompanhado de um silvo forte e agudíssimo, como uma enorme caldeira soprando vapor por um pequeno tubo.

Os três não conseguiam mexer um único músculo! Jamais tinham visto algo tão espetacular e assustador ao mesmo tempo. Parecia que mãos invisíveis gravavam o metal com perfeição, talhando as finíssimas linhas em sulcos delicados. Curvas magníficas, pontos, traços, retas perfeitas surgiam a todo momento. Nelson se benzeu três vezes, Flirk arregalou os enormes olhos verdes, enquanto a garota assistia a tudo com sorriso desafiador.

Ninguém ousou tentar verbalizar como aquilo aconteceu, mas por suas cabeças passaram: bruxaria, mágica, fantasmas, demônios, tudo estava além de qualquer explicação racional! Aquele metal estranho indicava ter vida própria e, apesar da suavidade e leveza com que os riscos se formavam, não permitia qualquer intervenção externa, o que explicava o perfeito estado em que foi encontrado. Quando Flirk examinou o artefato pela primeira vez, impressionado por sua perfeição, tentou arranhá-lo com um cinzel afiadíssimo, depois com um pequeno diamante que trazia em um de seus muitos anéis, tudo inutilmente.

Quando, enfim, o desenho que surgia se completou, logo reconheceram a região recém-apontada naquele mapa vivo. Porém, o entalhe que indicava o local da próxima gema apresentava uma informação que parecia divergir da realidade, pois estava cravado no meio de uma enorme ilha, com formato de uma elipse, sem indicação em qualquer documento.

Nelson se adiantou, pegou uma espécie de estojo de couro cilíndrico, rusticamente costurado, similar a um cano, e, de lá, retirou diversas cartas náuticas. Algumas eram tão antigas que parte da costa mexicana e sul-americana estavam pouco retratadas. Ele escolheu uma das mais recentes, desenhada pelo famoso cartógrafo holandês Hendrick Doncker, onde havia a representação da região das Caraíbas, como era chamado o Caribe pelos portugueses.

Ao estenderem o papel ao lado do artefato, confirmaram não haver nada no lugar da suposta ilha. Isso, porém, não era motivo para se deterem. Era hora de seguir viagem, e Flirk deu o comando para seu imediato:

— Ainda temos sol por umas quatro horas, arrume provisões para trinta dias, chame os homens e termine de escolher os novos recrutas para a tripulação. Partiremos amanhã, logo após o meio-dia!

Em seguida, olhando para a garota, falou:

— Nelson, também retire o entulho da cama menor e arrume esta cabine! Este lugar não está apropriado para a filha do Capitão viajar.

Malet tentou disfarçar, sem sucesso, o sorriso vazado pelo canto da boca, enquanto o pai saía da cabine, feliz por ter a filha mais uma vez a bordo.

studium magnum pietatis
virtutem autem amplius

VI
"La Concordia"

A AGITAÇÃO NO MIA DONNA FOI GRANDE DEPOIS DO evento ocorrido na cabine do Capitão Orca. Quase uma dúzia de homens ficaram muito assustados e deixaram o navio, dando maior trabalho para Nelson, que precisava contar com, pelo menos, umas sessenta almas para completar a tripulação.

Afora isso, dez homens exigiram antecipação de seus pagamentos, alegando extrema periculosidade da aventura, que poucos queriam enfrentar. Além dos riscos, nenhum marujo tinha confiança em piratas que, simplesmente, não pilhavam mais nada e que seguiam em busca de um tesouro que ninguém poderia garantir que existia. Entretanto, a situação financeira de Flirk era preocupante. Em regra, a tripulação de um navio pirata trabalhava no intuito de receber parte do saque. Assim, depois de apurado o valor total dos bens espoliados e descontadas as despesas, um terço do lucro ia para quem financiava a empreitada, outro era destinado ao Capitão e o terço restante era dividido entre a tripulação.

No caso do Mia Donna, tudo havia se modificado, já que, apesar de contar com uma tripulação formada de antigos malfeitores, ele não tinha esse papel. Os homens recebiam um pequeno soldo para se manter e parte do apurado dos salvados — o material resgatado do fundo do mar — nas andanças de Flirk em busca do Sentinela da Noite.

Para aqueles marujos rústicos era difícil compreender a caçada desvairada do Orca, que deixava de lado uma atividade lucrativa, especialmente naquela região de passagem dos navios espanhóis, carregados de metais preciosos, que seguiam para a Europa.

Ainda assim, por sorte do Capitão, muitos deles não tinham opção. Eram desertores da Marinha de seus países natais, foragidos da Justiça ou escravos fugitivos, e não queriam enfrentar a forca ou coisa pior.

Os preparativos foram feitos e o navio enfurnou suas velas na hora combinada. Navegaram por três dias e agora apenas uma noite os separava do destino apontado pelo artefato.

Malet estava ansiosa, pois sabia das ameaças que poderiam suceder. De tantas histórias que contavam, alguma poderia ser verdadeira. Ela tirou de sua bolsa a espada, de mais de 150 anos, uma rapieira que ganhara da mãe e que já havia passado por mais de três gerações de sua família. Era o único presente que ainda preservava dos que tinha recebido de Mia, antes de ela partir quando Malet ainda era tão nova.

Afora o aspecto sentimental, a arma era uma raridade. Não que fosse ornada por pedras ou metais preciosos, mas por carregar uma longa linhagem de célebres proprietários, personagens dos mares conhecidos no Velho e no Novo Mundo. Era chamada de "La Concordia", em homenagem à deusa romana de mesmo nome, que representava a harmonia. Aquela arma era utilizada como moeda de troca em acordos importantíssimos feitos entre capitães e denotava um elevado senso de comprometimento. Podia ser dada em razão da venda de uma frota de embarcações, representando a idoneidade do alienante, ou em um acordo de rendição, para demonstrar o efetivo intento do sobrepujado.

Além disso, aquela havia sido confeccionada como uma arma sobressalente, com uma lâmina de cerca de uns sessenta centímetros, menor que o usual, com duplo fio e gravada com alguns brasões de antigos donos. O guarda-mão era belamente trabalhado com uma série de filetes de metal retorcidos que lhe proporcionavam extrema elegância e revelavam imediatamente sua identidade.

No punho, havia inscrita a seguinte expressão latina: *GLADIUM MAGNUM PIETATIS VIRTUTEM AUTEM AMPLIUS*. Malet a traduziu logo que aprendeu a língua: "A espada é importante, porém não mais que a coragem e a lealdade!"

A garota conseguiu uma pedra de amolar e trabalhou o fio da espada até que ele conseguisse cortar um pedaço de pano no ar! Depois, ficou admirando sua herança e passou a refletir sobre todas as mãos que a haviam tocado, as vidas que ceifou, os pactos que selou. Era impressionante como um objeto podia conter tantas informações perdidas. "Será que se perderam realmente? Não haveria um meio de armazenar ou comunicar tudo que já ocorreu? Quem sabe no futuro..." Cansada daquele exercício de imaginar, recolocou a rapieira em sua bainha de couro com detalhes em metal prateado já desgastados pelo tempo e a prendeu à cintura.

Malet apesar de desengonçada para certas coisas, como dançar e pintar, era agilíssima no uso da espada e de facas de arremesso. Apreciava instrumentos de navegação: bússola, sextante, cartas náuticas — e não gostava das restrições a certas atividades que se faziam às mulheres de sua idade e de seu tempo. Talvez por isso sempre foi considerada rebelde pelos poucos parentes e amigos que tinha.

Sua mãe sugeriu à garota, já com seus 12 anos, que fosse morar com uma prima no sul da Inglaterra. Malet teve de fazer uma escolha difícil na época. Ela compreendia o esforço feito pela mãe para mantê-la o mais próximo possível do pai, o que talvez tenha agravado o seu estado de saúde, pois deixara de lado o tratamento que precisava fazer e gastava o dinheiro para levá-la ao encontro de Flirk.

Mia nunca jogou a filha contra o pai, mas não era preciso. A obsessão do Capitão em achar o artefato, o distanciamento da família em face das longas viagens, o gasto de todo patrimônio nas empreitadas, as sérias dificuldades econômicas para Mia sustentar a filha e a si depuseram contra Flirk.

Diante desse cenário, Malet não teve alternativa a não ser deixar a mãe doente e sozinha, no intuito de diminuir os gastos e na esperança de que melhorasse sua saúde. A menina partiu clandestinamente de Klinard até Londres, em um navio inglês, e seguiu para sua cidade natal, no sul da Inglaterra. Ela resolveu viajar sem deixar pistas, pois queria punir o pai com a mesma moeda do descaso que ele teve com sua família. Para isso, foi auxiliada por Dolores, melhor amiga de Mia e irmã do comandante, que lhe conseguiu a passagem e jurou manter segredo sobre o seu paradeiro.

Malet, no entanto, recebeu uma carta de Dolores, um mês e meio depois, noticiando o falecimento de Mia poucos dias após sua partida. Ela odiou seu pai por isso...

Quando Flirk retornou de viagem, encontrou a mulher enterrada e a filha sumida. Ele ficou desesperado e procurou informações, mas foi uma investigação infrutífera. A depressão foi demasiada e o Capitão ficou sem rumo por quase um ano. Depois disso, diante de algumas notícias da possível morte da filha, desistiu de encontrar a garota e resolveu abraçar a única coisa que lhe restara: a busca pelo artefato.

Malet passou a viver com sua prima mais velha, desde quando deixou Mia, na cidade de Brighton, onde arrumou um emprego para ajudar nas despesas. Ela foi trabalhar para um professor de filosofia, Herr Thorsten, que se mudara do interior da Alemanha para aquela cidade por recomendações de seu médico, Richard Russell. Ele acreditava que o sal da brisa marinha poderia ajudar a curar sua enfermidade, que Malet nunca soube, com precisão, qual era.

Durante uns quatro anos, Malet trabalhou para o estudioso, cozinhando e limpando a pequena casa defronte ao mar, apenas retornando para o lar da prima aos domingos. Como complemento do pequeno salário que recebia, ela lhe pediu que a ensinasse a ler e escrever. O muquirana aceitou a proposta de muito bom grado, pois poderia economizar um pouco.

Malet alfabetizou-se rápido, o que lhe permitiu ler alguns livros de filosofia, história, mitologia e astronomia, seus prediletos. Aprendeu a falar alemão, que por sinal detestava, mas era a língua materna do homem e a escolhida para as aulas, além do inglês. Dominou o italiano e aprendeu a ler e escrever em latim, línguas pelas quais era apaixonada. A garota impressionava o mestre com sua inteligência e dedicação. A capacidade de falar tantas línguas lhe abriu um universo de informações através dos livros em alemão, inglês, espanhol, italiano e latim existentes na pequena, mas selecionadíssima, biblioteca de Thorsten. Ela ficava situada no modesto escritório, onde mal se podia ver o azul ciano das paredes, cobertas de estantes de mogno repletas de livros até o teto.

Cativado pela menina, o alemão conjecturava que o precoce aprendizado do espanhol, quando foi morar no Caribe com os pais, tivesse despertado nela a facilidade e o amor pelas línguas. A estada na residência de Thorsten foi uma maravilhosa festa de cultura, ciência e reflexão. Logo os serviços na casa ficaram de lado e ela apenas cozinhava para eles. Onde deveria trabalhar uma moça, existia, em verdade, uma aluna ávida por aprender e um mestre encantado com a possibilidade de continuar a lecionar, ainda que para uma única pessoa.

Malet expandiu seu horizonte de conhecimentos como poucos jovens da época. Aquele mundo a fascinava, mas todo saber que obtinha lhe causava ainda mais inquietação diante das incertezas que carregava. O distanciamento do pai que tanto amara e o testemunho do perecimento de sua querida mãe haviam impregnado sua alma de insegurança quanto à brevidade da vida, às incertezas do futuro e à fragilidade das relações entre as pessoas. Seguramente aquela provação pela qual passara lhe imprimiu marcas duradouras.

— Terra à vista! — gritou o vigia do alto do mastro principal, no cesto da gávea.

Malet correu para a proa, a fim de olhar as ilhas que o marinheiro observara e que anunciavam a proximidade do destino daquela viagem. Ela sentiu o vento salgado e lembrou-se do Alemão. "Será que a maresia lhe fez algum bem, como prescreveu o médico? Não sei. Mas aos utensílios e artigos de ferro fundido, tenho certeza que não", pensou, pondo-se a rir sozinha.

Aqueles dias a bordo, em contato com o mar e com Nelson, trouxeram uma maior leveza ao espírito da moça, algo que há muito não sentia. A perda da mãe, da maneira que sucedeu, causara-lhe um sofrimento que ainda ecoava à garota nos anos anteriores. Malet imaginou que a proximidade com o Capitão, de alguma maneira, pudesse abrandar seu rancor, mas isso não ocorreu. Eles se falaram raras vezes durante a viagem, mas sabiam que, em algum momento, precisariam ter uma boa conversa. A noite caiu depressa e a garota resolveu se deitar. Muita coisa estava por vir.

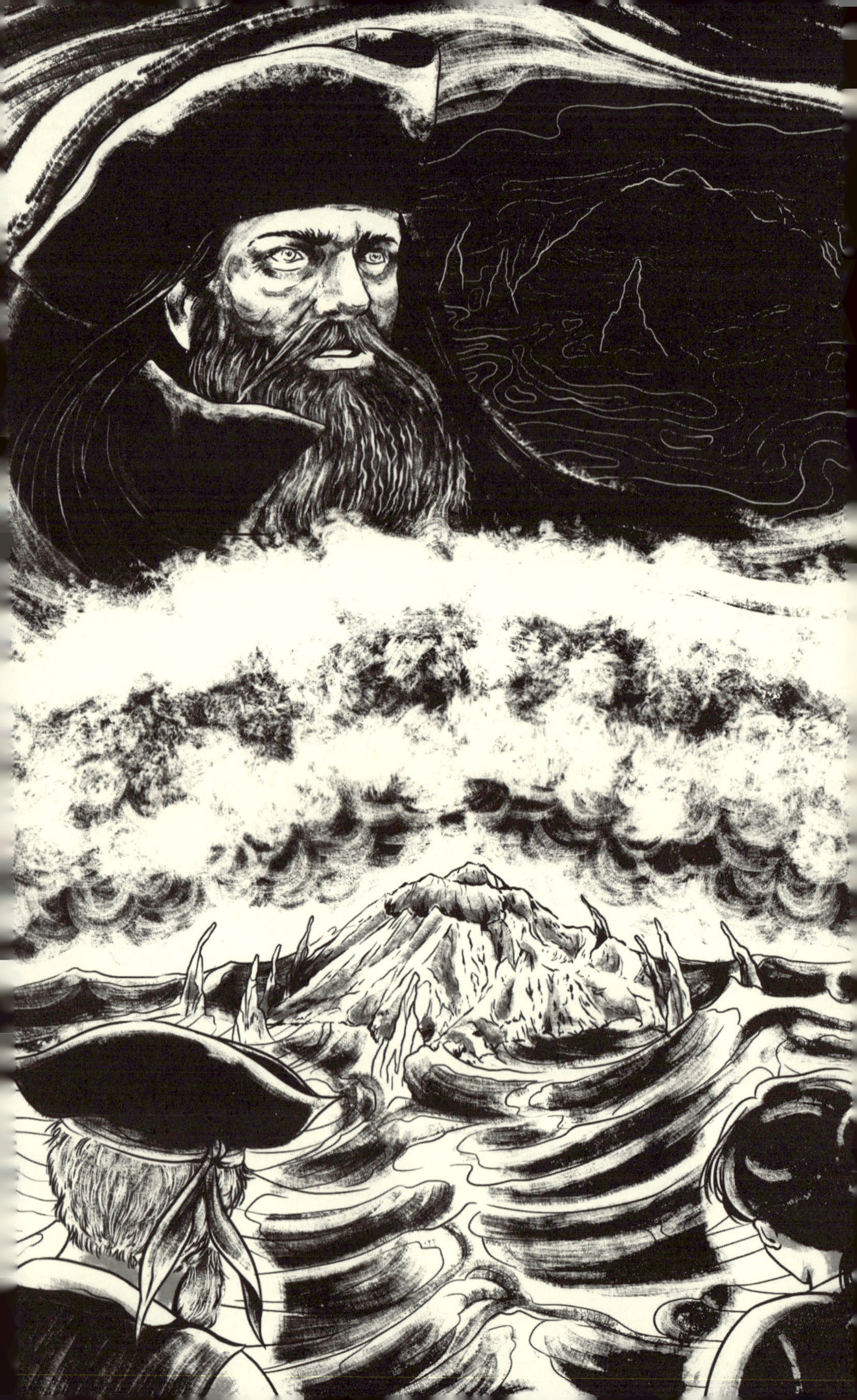

VII
144 graus magnéticos

MALET PULOU DA CAMA COM O APITO DE ALVORADA do contramestre. Ela sempre adorou aquele som, pois parecia afugentar de seu corpo qualquer resquício de sono. Ao levantar, viu que o Capitão acordara antes das quatro horas da madrugada, o que era seu costume todos os dias.

Ela comeu alguma coisa rapidamente e foi até o local onde estava Nelson, no convés de popa.

— Bom dia, tio Nel! É hoje! — disse, demonstrando extrema ansiedade, o que era de se esperar, já que desde a infância convivia com aquela história sem fim, iniciada por seu trisavô Carnat. Sobre aquele momento repousava a expectativa de cinco gerações, ao longo de quase um século. Ela apenas não sabia o quanto a empreitada ainda exigiria de sua família.

Nelson olhou-a com afeto e disse:

— Criança, você não imagina a minha felicidade em te ver a bordo depois de tanto tempo!

— Obrigada, tio Nel, também estou feliz por estar aqui. Lembra quando eu brincava, escalando as enxárcias para subir nos mastros? O Capitão queria me matar! — falou ela sorrindo.

Ele riu ao se lembrar da travessura, mas disse sério:

— A propósito do seu pai, saiba que, desde quando você sumiu, ele se tornou um homem diferente. Ficou mais frio, mais determinado a achar o artefato, pois estava obcecado com a ideia de que, por causa dele, havia perdido sua mãe e você. E o mínimo que poderia fazer era continuar a procura para que tudo não fosse em vão.

Ela se esforçava para parecer indiferente, mas Nelson adotou um tom ainda mais severo:

— Malet, você não sabe o quanto ele ficou mal e o que fez para te achar! Ele... — Antes que pudesse terminar o diálogo, uma forte onda bateu no costado do navio, quase derrubando os dois!

Nelson ficou branco de espanto. O mar, que estava tranquilo, agitou-se quase instantaneamente. Nuvens pesadas deixaram o céu mais escuro e, no exato rumo em que o navio seguia, 144 graus magnéticos, avistaram uma ilha gigantesca, com pouca vegetação, toda rochosa, tendo ao centro um vulcão que fumegava uma espessa coluna negra.

Aquela ilha jamais fora avistada antes. Os marinheiros olharam incrédulos.

— Como ela veio parar aqui!? — gritou o imediato com a voz abafada pelo forte vento e pelo barulho das ondas fustigando o Mia Donna. Ele notou também que a água que espirrava sobre eles estava demasiadamente fria e salgada, bem diferente do que era esperado para aquela região do Caribe.

Dentro da cabine, o Capitão também foi pego de surpresa ao ver o tempo virar através de suas janelas. Era como se uma lona do fundo de uma apresentação teatral caísse, mudando por inteiro o cenário.

Ele vestiu seu casaco, mas, antes de sair do cômodo, notou que o artefato sobre a mesa estava vibrando e que linhas se formavam por toda a superfície. À medida que o metal era rasgado, se produzia um ruído agudo. Dessa vez, todavia, a imagem formada não era em nada semelhante a uma carta náutica, mas sim um legítimo mapa topográfico que parecia retratar a ilha a que se destinavam. O gráfico era repleto de informações visuais que indicavam com precisão toda a estrutura da ilha, inclusive as curvas de elevação do terreno. Na porção direita do desenho, havia um símbolo que unificava cinco espirais. Um nome foi sendo encravado logo abaixo: DRACONIS.

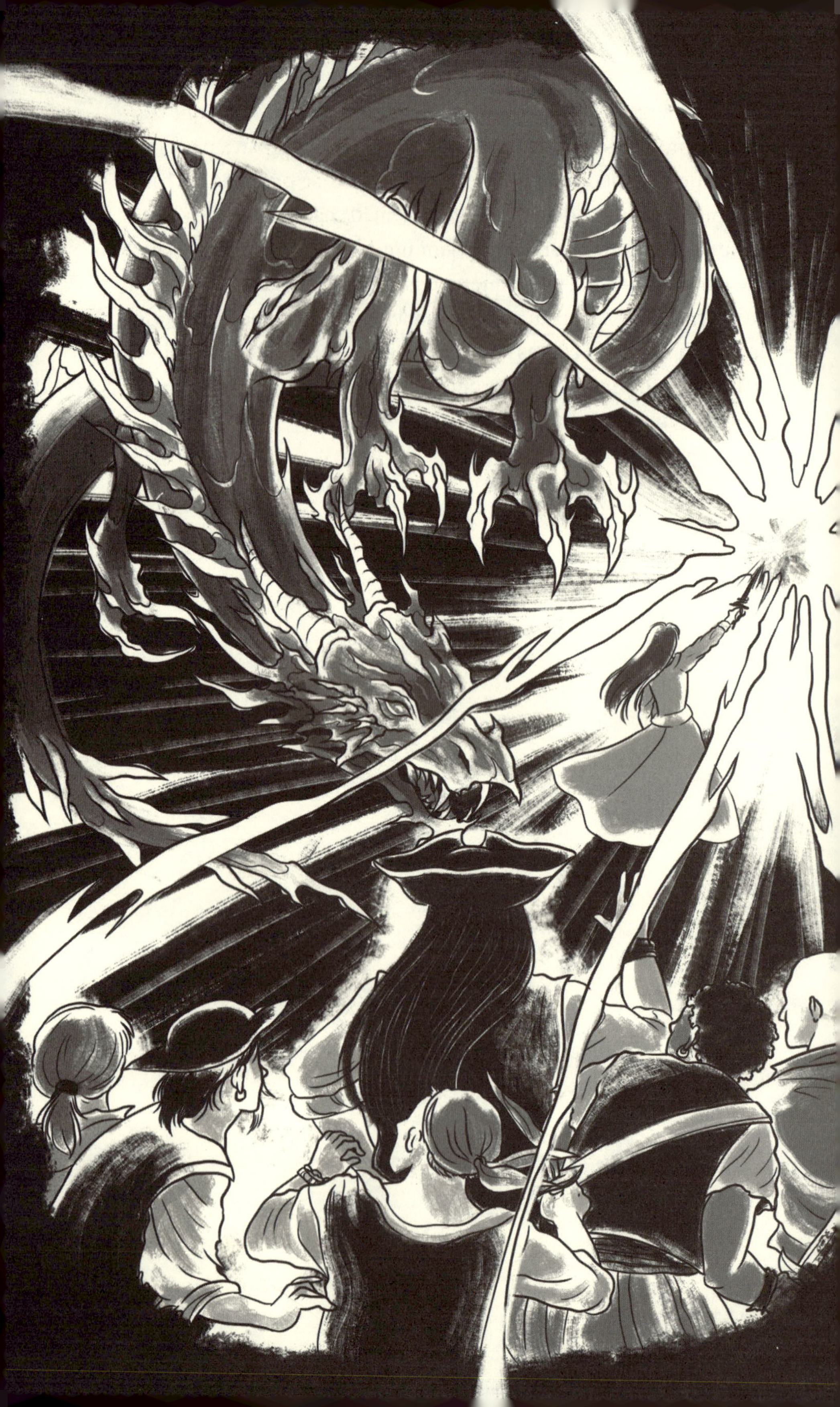

VIII
Cinzas

DEPOIS DE ATRAVESSAR A FACE SUL DA ILHA, O MAR ficou mais calmo, protegido de boa parte do vento pela própria porção de terra. Flirk mandou que fossem baixados três botes, com oito de seus melhores homens em cada um. Os marinheiros embarcaram decididos, ansiosos por acharem algum item precioso. Flirk assumiu o comando do primeiro barco e todos estavam armados de espadas, mosquetes e pistolas.

Malet não via a hora de chegar à ilha. Apesar de ela não buscar fortuna, sua motivação era tão séria quanto a deles. Ela pediu para acompanhar a equipe, mas o Capitão a proibiu. Naturalmente, a negativa não teve o menor efeito, pois quando o último barco a remo estava na água, a garota escorregou por uma corda presa na amurada do navio e deslizou até perto do bote, pulando ainda uns dois metros como um felino.

Flirk não viu a rebeldia e antes que qualquer homem da embarcação dissesse algo, Malet olhou para eles e advertiu:

— Quem falar para o Capitão, vai ficar sem língua!

Os homens não ousaram discordar, afinal o sangue dos Sullivans corria nas veias daquela garota.

Depois de remarem por cerca de uns trezentos metros, chegaram à praia, repleta de pedregulhos. Quando Flirk se deu conta, a garota já estava com os pés fincados na areia. Ele apenas balançou a cabeça, em sinal de reprovação, mas, no íntimo, ficou feliz por ter a companhia da filha:

— Fique sempre atrás de mim, "Dona Teimosia"!

Ela assentiu e viu Flirk retirar do casaco um grande pedaço de papel e desdobrá-lo. Estava repleto de riscos que formavam um mapa. Logo deduziu que ele havia transferido a imagem do artefato, raspando a lateral da ponta de um lápis sobre um papel colocado em cima do objeto, o que marcou levemente os sulcos das linhas. Em seguida, ele as escureceu, deixando bem destacadas as intricadas informações.

Ela teria tido a mesma ideia, para não precisar carregar o item precioso e correr o risco de perdê-lo, mas ficou impressionada com o artifício de Flirk e pensou: "Ele não parece ser tão bronco, afinal."

Ao observar o mapa, compreendeu que aquele símbolo à direita do desenho tratava-se do destino e que estaria a menos de duas horas de caminhada, segundo as proporções do mapa e da ilha. Iniciaram esse deslocamento em um ritmo veloz. Apesar de ainda ser por volta das onze da manhã, não queriam ser surpreendidos pelo cair da noite, caso demorassem por algum motivo.

A ilha aparentava estar deserta e não existia sinal algum de que alguém estivera naquele lugar. A vegetação era estranha, de pequeno porte, com poucos arbustos e uma camada de grama com folhas muito grossas, multicoloridas. Não havia árvores no local, muito menos sons de qualquer animal, afora alguns insetos enormes que voavam zunindo pelas cabeças dos marinheiros. O caminho só foi facilitado pelo extremo detalhamento do mapa, que apontava todos os acidentes geográficos, riachos, morros, além de indicar a altitude do terreno, em curvas concêntricas, o que permitiu evitar maiores subidas.

Depois de andarem por uma hora e meia, depararam-se com um largo riacho, que se bifurcava contornando um morro alto, com uns cem metros de altura. Havia uma descomunal caverna bem ao centro, que Malet reconheceu, na hora, como o ponto destacado no mapa.

Flirk mandou acender as tochas e deixou metade dos homens na entrada, seguindo com a outra parte, acompanhado de Malet. O ambiente era extremamente escuro e úmido, repleto de formações rochosas estranhas, com muitas estalactites de cor vermelha. Malet achou curioso que não existissem quaisquer estalagmites abaixo delas, já que uma é contraparte natural da outra. Era como se alguém as tivesse arrancado de alguma forma.

Andaram uns dez minutos pela caverna íngreme, que escondia seu fim e descia às profundezas da Terra. O teto era alto e o espaço cada vez mais amplo, diferente de outros subterrâneos que Malet teve a oportunidade de estudar com seu professor, onde o ambiente ia se estreitando. Aquilo sugeria um mundo escavado sob a rocha, e as sombras que dançavam nas paredes, projetadas pela luz das tochas, aumentavam a dramaticidade do cenário. A garota observava encantada aquela obra da natureza, até que ouviram um estrondo.

Parecia que as paredes ou o teto ruiriam, mas nenhuma rocha caiu. Tentaram iluminar melhor o local, acendendo mais quatro tochas, e notaram um movimento em uma lateral do recinto, mais adiante. Flirk determinou que dois homens avançassem de arma em punho, enquanto o resto do grupo aguardou. Eles caminharam por uns dez metros e foram surpreendidos por uma enorme criatura. Dois olhos vermelhos riscaram o ar e os infelizes foram abocanhados de uma só vez, sem tempo suficiente para qualquer tipo de reação.

A tocha de um deles caiu no solo, rolou mais para o fundo da caverna e parou ao bater em uma das paredes. Depois de iluminada, foi possível ver nela uma série de desenhos complexos, semelhantes aos do artefato dos cinco elementos.

Enquanto o resto do grupo disparava seus mosquetes na criatura, afugentando-a brevemente, Malet correu em direção à tocha caída, desviando-se da pata do bicho bem a tempo de não ser pisoteada.

Quando notou a investida da garota, Flirk ainda gritou, mas ela já estava passando por trás do animal e alcançando a tocha. Ao erguê-la, notou que os símbolos formavam um desenho igual ao do mapa, composto por cinco espirais rotacionando em torno de um ponto, com cerca de três metros de diâmetro. Ao centro, cravada na parede, uma gema vermelha refletia a luz da tocha com uma vivacidade estupenda.

O monstro recuou um pouco e efetuou uma nova investida contra o grupo. Não tendo conseguido, girou rapidamente, exibindo sua cauda repleta de escamas vermelhas com as bordas douradas que cortou o ar e esmagou outro marujo. Os demais correram no sentido da saída, deixando para trás o Capitão Orca. Ele disparou suas duas pistolas e sacou a espada, gritando para Malet voltar, mas foi inútil.

A criatura notou a jovem próxima à joia e soltou um rugido que fez a caverna estremecer e algumas estalactites caírem. O monstro correu em direção à Malet e, quando estava a poucos metros, prestes a atingi-la com suas garras, ela teve de tomar uma decisão. Não podia simplesmente fugir sem levar a joia, então desembainhou a La Concordia e a cravou na lateral da gema, girando a arma, extraindo a pedra e se preparando para jogá-la para o pai. Nesse exato momento, todo o ambiente se iluminou com um clarão de fogo sobre a criatura, que se incendiou no ato. Em poucos segundos, o monstro havia se convertido em uma estátua enegrecida como carvão que, sob o próprio peso, foi desmoronando até virar uma pilha de cinzas.

Flirk e Malet se entreolharam espantados depois de presenciarem aquilo que lembrava um dragão, similar àqueles descritos nas lendas orientais, com uns dez metros de altura, ser consumido pelo fogo daquela forma. O mais surpreendente foi o fato de o calor não ter irradiado, sugerindo que havia sido proposital e indecifravelmente concentrado no animal.

Malet apertava a gema com tamanha força que feriu a mão. Ela e o Capitão caminharam para a saída da caverna, ainda receosos de que existissem outros seres, mas nenhum surgiu. Flirk estava encharcado de suor e segurava com firmeza a mão da filha. Na porta da caverna, encontrou o resto do grupo. Em um primeiro momento, cogitou mandar para o fundo do mar todos aqueles que fugiram ou se abstiveram de ir ajudar, mas não fazia sentido. Estavam lidando com algo sobrenatural e não tinham pessoas ou armas suficientes para enfrentar aquela criatura que, de algum modo, era ligada à pedra.

O retorno para a praia foi uma mistura de empolgação pela conquista e consternação pela perda dos companheiros. Flirk, apesar de muitos defeitos, tinha a virtude da lealdade, era fiel aos seus homens e se sentia responsável toda vez que perdia algum deles. O principal homem de armas, que caminhava ao seu lado, notando o desalento do comandante, disse:

— Não se chateie, Capitão! Eu conhecia bem os três. Se não morressem heroicamente lutando contra um dragão, pereceriam em breve pelas mãos da bebida.

Os homens em volta acabaram rindo e Flirk concordou:

— É verdade, meu rapaz. Brindaremos a eles logo que sairmos desta ilha infeliz!

Malet ainda estava extasiada. "Um dragão! Nunca imaginei que tais criaturas existissem! Como isso é possível? O que encontraremos mais no caminho?", indagava-se, ansiosa para relatar tudo a seu tio Nel!

Ela carregava a pedra na mão e a levantou na altura dos olhos para observá-la sob a luz do sol. Era de uma beleza extrema. Constatou, entretanto, que a luz naquele fim de tarde, com o sol próximo ao horizonte, tinha uma intensidade estranha e era muito azulada. Mais uma coisa que não podia explicar.

Assim que chegaram aos botes, remaram de maneira ávida até o Mia Donna. O vento soprava forte e Flirk ordenou que fossem a sotavento da ilha, ou seja, pelo lado contrário de onde o vento entrava na ilha, para evitar que as ondas batessem em demasia na embarcação.

Foram se distanciando até que, em determinado ponto, o mar se agitou bastante. Após uma hora, os sacolejos foram diminuindo de forma gradual e eles não podiam avistar mais qualquer indício da ilha, nem mesmo da coluna de fumaça, que deveria ser visível por milhas e milhas. Ao chegar ao navio, Flirk adentrou a cabine e notou que o mapa da ilha, desenhado sobre o artefato, havia sumido. Restava a mesma carta náutica incompleta que os levara até o local. Então, ele chamou Nelson à sua cabine e contou empolgado o ocorrido, especialmente o desempenho da filha:

— Amigo, você precisava ver! A pequena Sullivan parecia uma tigresa correndo, saltando, desviando da criatura e, por fim, destruindo aquele dragão imenso.

Apresentados todos os detalhes da aventura, lembrou da promessa que fez aos homens de que beberiam em homenagem aos três marujos levados pela fera. Chamou o cozinheiro do navio e determinou que liberasse um *firkin* de cerveja — um quarto de barril — à tripulação. Quando o taifeiro saiu, ele falou:

— Vamos, Malet! Coloquemos a nova gema, quero descobrir nosso próximo destino! — disse animado.

Malet ponderou, contudo, que talvez fosse arriscado fazer aquilo durante a noite, lembrando-se do incidente ocorrido por ensejo da colocação da água-marinha e da retirada da gema da parede da caverna. Flirk franziu a testa, não costumava receber objeções. Porém, como ela era sua filha, acatou dizendo:

— Isso faz algum sentido, pois temos pouco vento e não vamos perder muito tempo. Vamos descansar. Amanhã, ao raiar do sol, descobriremos nosso destino.

Nelson ficou impressionado com a resignação de Flirk depois de ser contestado. Ele estava fazendo muito esforço para reconstruir seu relacionamento com Malet, o que achou admirável. Aquele homem tinha suportado muita coisa na vida, mas o impacto da perda da mulher e da filha havia sido devastador. O amigo esperava que ele conseguisse restabelecer os vínculos com a garota.

Malet, depois que deu sua sugestão, imergiu em si, refletindo sobre o que seria afinal aquele artefato. Estava claro ser mais que um mapa. Aonde ele os levaria nos próximos três destinos e, depois disso, o que ocorreria? Tão incerto quanto o fim da aventura era o desfecho de sua vida. Depois de tanto tempo de solidão, sem mãe e nem pai, o que o futuro lhe reservaria? Ela sabia que o porvir dependia de suas ações e dos caminhos que trilhasse. Havia compreendido, desde pequena, que a vida era feita de escolhas e que, mesmo a mais corriqueira delas tinha um papel crucial. Atinava que poderia abdicar de tudo, exceto de tomar decisões e, em algum momento, teria de definir um rumo a seguir, talvez por terra, talvez por mar.

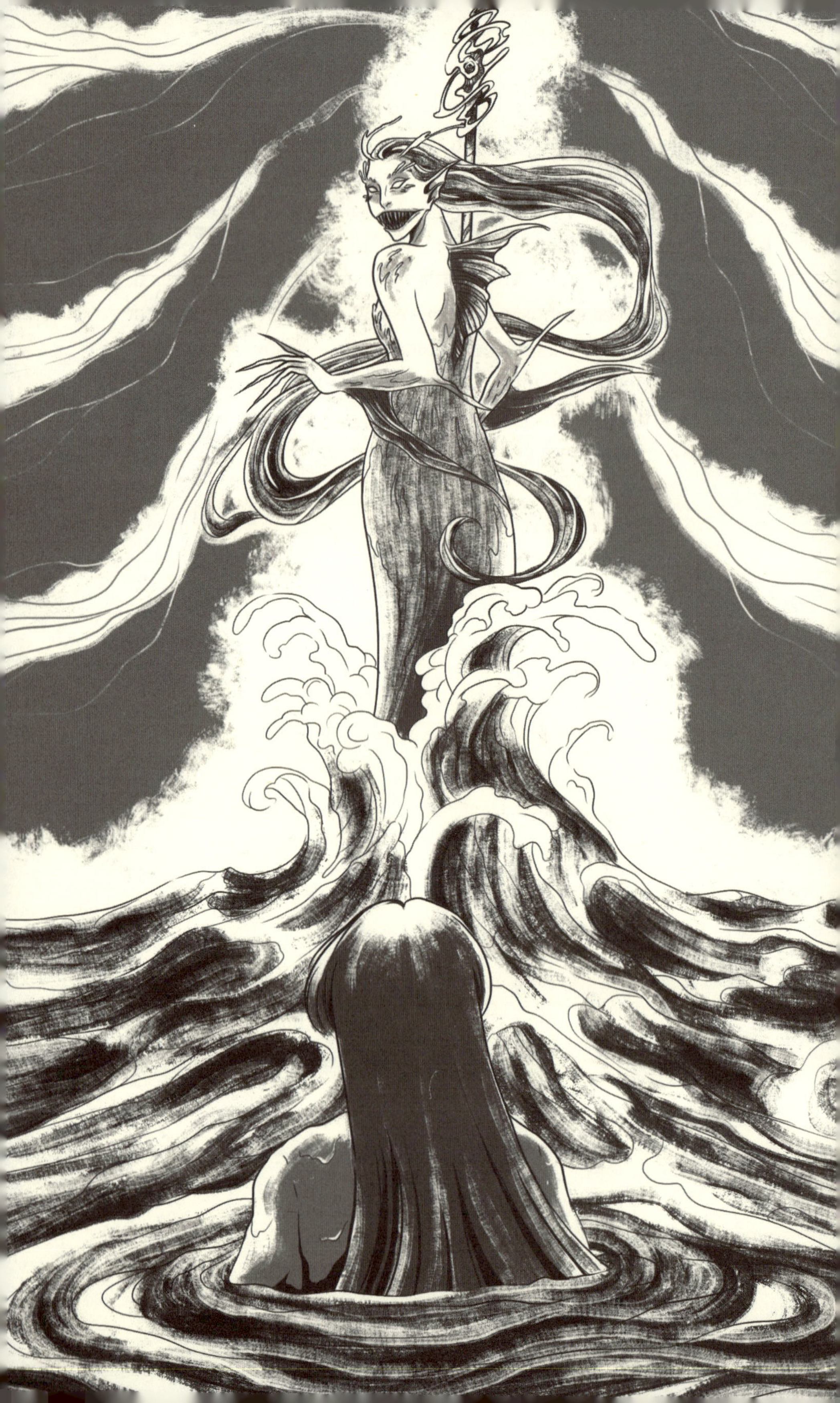

IX
Uma ideia ousada

Todos acordaram dispostos pela manhã. Depois de lavar o rosto, Malet viu o Capitão entrando na cabine, resoluto, forte. Isso a fez lembrar da cena do dia anterior, quando ele ficou sozinho tentando atrair a fera para salvá-la. "Ele daria um bom pai!", pensou com ironia.

Nelson chegou dizendo:

— Bom dia! Tudo pronto, Capitão! Todos estão a postos.

Flirk olhou para Malet e disse:

— Faça as honras! Afinal, você merece.

Malet retirou a gema do bolso. Era um rubi cor de sangue, sem impurezas e brilhante, uma pedra impecável, no mesmo formato e tamanho da anterior. Ela sentiu os dedos tremerem ao posicionar a pedra acima de seu nicho, afastou a franja que caía nos olhos e a encaixou cautelosamente em seu lugar. Uns cinco segundos se passaram sem que nada acontecesse, o que pareceu uma vida, quando todo o artefato se incandesceu e ficou rubro como lenha em brasa.

Os três ficaram apreensivos quanto à possibilidade de aquilo pôr fogo na embarcação, mas o calor era contido pelo próprio item, que só chamuscou levemente a mesa de madeira onde estava assentado. Algo similar com o fogo que consumiu o dragão.

O espetáculo não durou mais do que um minuto, durante o qual novas linhas foram traçadas no metal em brasa. O som era mais atenuado, parecido com um chiado, e logo o objeto voltou à normalidade, depois de uma nova palavra surgir abaixo da cavidade da próxima pedra: AQUA.

— Água é o elemento da terceira gema! — gritou.

O local apontado pelo mapa estava muito próximo, estimado em dois dias de viagem, no máximo. O rumo era favorável para velejar, um tranquilo través sob um vento forte e constante. Desta vez, contudo, o local não estava marcado em terra, mas no oceano, em meio a três ilhas pequenas que formavam um triângulo equilátero e que, como as demais, eram desconhecidas pelos marujos e olvidadas nas cartas náuticas.

Nelson, desconfiado, disse:

— Estranho isso. Como acharemos a joia se não há porção alguma de terra? Será que teremos de procurar nas três ilhas?

Ninguém respondeu, apenas olharam para o imediato como se dissessem: sabemos tão pouco quanto você.

Flirk traçou a melhor rota com seus instrumentos e ordenou que içassem todas as velas. Queria chegar ao local dali a dois dias, bem cedo, pela manhã.

Malet e Nelson se retiraram e foram conversar na popa do navio. A garota perguntou se ele tinha noção de como aquilo tudo estava acontecendo, se sabia de alguma coisa a mais, o que era aquele artefato, de onde ele tinha vindo...

— Isso tudo é maravilhoso e um pesadelo para mim, Malet! Pensava que as histórias que eu ouvia fossem todas frutos da imaginação de marinheiros açoitados pela solidão, pelas intempéries do mar ou pela ganância de alguns que queriam imprimir medo para tirarem proveito. Sei somente o que você também presenciou, menina.

Não obstante os anos em que estiveram afastados, ela o conhecia muito bem. Particularmente agora, com a pele enrugada pelo tempo, evidenciava-se ainda mais o seu tique de espremer de leve o canto dos olhos quando estava mentindo. Ela tinha convicção de que seu amigo omitia algo, mas sabia, do mesmo modo, que não deveria insistir.

Quando se instaurou uma confusão no convés entre dois marujos e Nelson foi resolver, Malet ficou com suas divagações. Precisava saber mais acerca do achado do artefato por seu trisavô e sobre como ocorreu seu sumiço. "Talvez isso possa lançar luz em todo o mistério."

A discussão entre marujos, mínima no começo, havia se agravado. Ambrose, um dos tripulantes mais antigos do Capitão, navegava desde a época em que Flirk assumiu o comando do Mia Donna, quando ainda se chamava Galateia. Todos o consideravam um homem rude, ganancioso e dado a provocar confusões. Flirk não se livrou dele somente porque jamais conhecera um timoneiro melhor.

Quando Ambrose soube que Malet viajaria com eles, passou a minar a confiança dos demais marujos, dizendo:

— Onde já se viu uma mulher em um barco pirata? Isso nos trará má sorte! Escutem o que eu digo.

A conversa havia se espalhado pelo navio. Muitos não ligavam para tais histórias. Outros, contudo, tinham aquilo como verdade absoluta, pois era de fato uma antiga crendice daquela subcultura.

Ambrose estava aos gritos com um tripulante um pouco mais jovem, extremamente leal a Flirk.

— O que é isso, Ambrose? O que está acontecendo aqui? — bradou Nelson.

— Chefe, esse homem está defendendo o Capitão, que viola nossa lei pirata de que mulher alguma pode viajar a bordo — respondeu, em tom respeitoso, ao imediato. Ambrose era capaz, até mesmo, de desacatar o Capitão, mas jamais Nelson, que era querido e companheiro de todos.

— Isso não faz sentido, Ambrose. Ela é a filha de Flirk, é uma Sullivan e possui mais sangue de marinheiro do que eu, você e toda nossa linhagem juntos!

— Eu sei, senhor, mas isso não está certo! É uma mulher, não importa quem seja!

Nesse momento chega, por detrás de Nelson, o Capitão Orca, já com a face rubra.

— Está louco, homem? Está questionando quem eu posso ou não levar no meu navio? Ambrose, eu sou seu Capitão!

Ambrose levantou a cabeça, com os olhos faiscando, cerrou os punhos e disse:

— Mas apenas continuará Capitão se assim o decidirmos. O senhor quebrou uma lei, então qualquer um pode, com base nos costumes piratas, convocar uma eleição entre todos os tripulantes para saber quem será Capitão!

Flirk quase explode de ódio do marujo, mas Nelson interveio:

— Ambrose! Há quantos anos deixamos de ser piratas? Agora vivemos dos naufrágios que encontramos. Vocês possuem um soldo para viajar, não fazemos mais pilhagens e, há tempos, não somos caçados como um navio pirata, por qualquer nação, apesar de termos muitos marujos foragidos e procurados. Somos uma família agora. Esse costume que você invoca faz pleno sentido, mas somente em um navio pirata. E isso o Mia Donna não é mais!

Ambrose não podia discordar. Até mesmo porque de nada valia continuar com aquela proposição, se não houvesse a anuência de Nelson, que seria, sem dúvidas, escolhido para ser o novo capitão. Ele olhou para os lados e viu que ninguém o apoiaria, o que o deixou mais revoltado. Então, tomou fôlego e disse:

— Tudo bem, chefe, respeito sua decisão. No entanto, pergunto outra coisa: o direito ao duelo entre dois homens para limpar a minha honra ainda vale por aqui? Pois, se a resposta for afirmativa, e sei que é, desafio esse Capitão lunático, que gastou metade da vida procurando algo demoníaco, e, ainda por cima, resolve levar uma mulher a bordo para nos amaldiçoar e...

Ele não concluiu o desabafo. Flirk voou sobre ele com seu sabre e começaram uma batalha épica. Ambrose se esquivou, sacou sua espada e se enfrentaram longamente. Nelson pensou em intervir, mas sabia que nada poderia ser feito.

Malet correu ao ver seu pai em meio àquela confusão e segurou a mão do imediato:

— Tio Nel, precisamos ajudá-lo! Pelo amor de Deus!

Ao que ele respondeu:

— Infelizmente não podemos interferir, minha querida. É uma luta legítima, só nos resta torcer.

Ambrose desferiu um golpe de raspão no ombro esquerdo de Flirk e Malet soltou um grito. O Capitão aproveitou a investida de Ambrose, que projetou em demasia seu corpo, e desferiu-lhe um golpe com o punho da arma em sua cabeça. Com o impacto, o marujo deu dois passos, perdeu o equilíbrio e caiu, batendo a nuca em um cunho de ferro para amarração de cordas.

A pancada abriu um extenso ferimento na cabeça de Ambrose e uma poça de sangue se espalhou pelo deque. Flirk soltou a arma e se ajoelhou ao lado do tripulante. O médico chegou e colocou um pano por baixo da cabeça, mas sinalizou para Flirk que não havia escapatória.

O Capitão passou a mão na testa do homem, enxugando-lhe o suor, e disse:

— O que você fez, seu tolo?

O homem deu um leve sorriso e disse, satisfeito:

— Gostei de ver. O senhor, mesmo velho, ainda sabe lutar!

Com um semblante mais sério, concluiu:

— Desculpe-me, Capitão, não sei o que deu em mim.

— Não precisa se desculpar. Você é o melhor timoneiro do mundo e isso lhe confere um grande saldo para cometer tolices — declarou Flirk com sinceridade.

— O seu ombro está muito machucado, Capitão?

— Claro que não, homem, você luta como uma criança! — respondeu, compadecido.

— Acho que foi a falta de batalhas, Senhor Flirk. Não sei... Peça que o chefe Nelson me perdoe. Não sei o que me deu, Capitão. Me desculpe — disse, por fim, cerrando os olhos para não mais abrir.

Flirk mirou por algum tempo o horizonte, com um olhar vazio pela perda de um marujo tão dedicado. Apesar de ser uma pessoa difícil de lidar, no fundo, era um bom homem. Orca se questionou se não seria realmente culpa sua. Ele os tinha tirado de uma vida de ação, de combates e pilhagens, e trazido para uma busca frenética por algo que não sabia se encontraria. E, mesmo quando logrou sucesso, não tinha a mínima noção sobre para onde o artefato os levaria.

Flirk se levantou, deixando aqueles pensamentos de lado, pois sabia que, da mesma forma que não podia mudar o destino de Ambrose, não tinha como alterar também o seu. Mandou que lhe dessem um funeral marítimo decente e foi para sua cabine.

Depois de dois dias de navegação tranquila, amanheceram próximo do destino, como era esperado, mas ainda não avistavam as três ilhas. Seguiram deslizando até que todo o vento parou. A água ficou tão calma que refletia as nuvens como se fora um espelho de titãs. Um pavor desmedido assolou alguns homens, especialmente quando uma bruma se formou em torno do navio e ficou cada vez mais forte, até se transformar em um denso nevoeiro, escurecendo o local como se fosse noite. Não se enxergava mais do que uns poucos metros. O silêncio era aterrador, apenas cortado pelo soluço de homens e pelo ranger das tábuas do velho navio. Podia-se ouvir a respiração ofegante dos marujos mais novos.

Após alguns minutos de tensão, ouviu-se uma cantiga ao longe, vinda de uma voz feminina doce e suave. Ela recitava versos em uma língua estranha, que lembrava gaulês, mas essa língua fora extinta no século VI, conforme comentou a posteriori o médico poliglota Pierre. Em seguida, novas vozes reforçaram o cântico, como um coro de umas dez mulheres cantando em perfeito uníssono. O som era envolvente ao extremo e havia desvanecido o medo dos homens, transformando-o em uma espécie de transe. Alguns deixaram, inclusive, suas espadas caírem das mãos.

Malet estava apreensiva, menos pelos sons e mais por seu efeito naqueles homens todos, até Nelson parecia hipnotizado. Ela se aproximou de Flirk e comentou:

— Isso não é nada bom!

— Filha, com certeza não — assegurou ele.

Nesse momento, gritos estridentes rasgaram o silêncio! Criaturas demoníacas com torso de mulher e cauda de peixe davam enormes saltos no ar, agarrando homens no convés. Com dentes e garras afiados, jogaram cinco marujos na água, já sem vida. Elas em nada evocavam as descrições de sereias das narrativas mitológicas, geralmente belas e encantadoras. Eram monstros com quase dois metros e meio de comprimento e cerca de duzentos quilos.

Os demais tripulantes despertaram do seu leve torpor e atiraram contra as criaturas. Foi uma luta aterradora, algumas delas se chocavam de propósito contra a embarcação, arrancavam chapas de madeira, rasgavam cordas e velas. Os canhões foram disparados, acertando algumas das aberrações.

Em dado momento, uma das sereias, que agia como a líder, segurando um cetro com uma pedra azulada na ponta, levantou o braço para o ar e formou uma imensa tromba d'água que atingiu o navio bem ao centro. Ele rangeu, adernou e teve diversas peças de madeira, que revestiam o costado, rachadas e o mastro mezena destruído.

Várias sereias haviam sido mortas, porém, outras tantas surgiam das profundezas do oceano. Malet tinha ferido uma delas, que caiu sobre o convés. Ela notou que os seres pareciam ter muita dificuldade para enxergar fora da água, talvez por possuírem olhos para serem usados quando submersos, o que lhe rendeu uma ideia ousada.

A sereia líder estava a uns dez metros do navio, com metade do corpo para fora, sinalizando e grunhindo para coordenar o ataque. Malet desceu sorrateiramente pela popa, através de uma escada de cordas. Depois de entrar no mar, seguiu nadando com o máximo de silêncio e contornou a sereia que estava focada no embate com os marujos. Malet se aproximou por detrás e, quando já estava a cerca de um metro da criatura, sua presença foi percebida. A sereia se virou com a boca aberta, exibindo uma fileira de dezenas de dentes compridos e pontiagudos, prestes a abocanhar o pescoço da garota.

No momento derradeiro, uma chuva de sangue jorrou da cabeça do bicho, que foi atingido por um disparo de mosquete efetuado por Flirk. O Capitão a havia ferido gravemente e, para que ela não pudesse atacar de novo, Malet cravou a rapieira em seu coração. A sereia soltou um urro enorme, fazendo com que todas as outras desaparecessem no mar. Antes que o corpo da líder afundasse nas águas, Malet apanhou o cetro. O objeto era muito pesado e acabaria por afundá-la. Rapidamente, ela guardou a La Concordia, por ser muito longa, e, com seu punhal, conseguiu extrair a pedra do cetro. Os turbilhões de água se dissiparam e Nelson jogou uma corda para ela. Com a ajuda de outros homens, ele a puxou de volta ao navio, que estava em péssimo estado.

Um vento tênue passou a soprar, dissolvendo o nevoeiro e impulsionando o Mia Donna. O saldo do confronto não podia ser pior. Vinte homens da tripulação haviam sido mortos, alguns tinham ferimentos graves e não veriam mais terra firme. Um dos mastros havia sido destruído, cabos e velas foram rasgados, o convés estava todo revirado. Havia muitas rachaduras e buracos no casco do navio, severamente comprometido e que fazia água em quantidade. Os sobreviventes tiveram que passar dias e noites retirando água dos porões até que chegassem a um porto.

Durante a viagem, Flirk não arriscou colocar a nova gema no artefato. O mais importante era alcançar algum local onde pudessem reparar o navio, antes que afundasse. A única opção era o porto de Las Golondrinas que, de onde se localizavam, seria alcançado em dois dias em condições normais. Mas agora, sem uma das velas, eles levariam quase o dobro de tempo.

A viagem de volta foi muito lamuriosa. Diversas pessoas feridas e outras em estado de choque. Depois do encontro surreal com as criaturas, alguns rezavam preces enquanto outros faziam promessas de que, caso chegassem a um porto vivos, jamais subiriam em um navio de novo. Até mesmo o Capitão, Nelson e Malet estavam abatidos.

Flirk ficou os dias seguintes introspectivo, calado, praticamente não saiu de seu cômodo e pouco interagiu com a filha. Ele pensou em atirar o artefato ao mar e acabar com aquelas décadas de ansiedade e tortura. O preço havia sido muito alto. Jamais perdera tantos homens, nem mesmo lutando contra espanhóis ou piratas.

Diante de todo o desalento, lembrou de Mia e da maneira dura como se despediram pela última vez, após uma discussão. No seu retorno, ela havia falecido e a filha estava desaparecida. A vida havia lhe pregado muitas peças, talvez fosse a hora de parar. Resolveu dormir. Precisava colocar os pensamentos no lugar.

Depois de quatro dias, chegaram em Las Golondrinas, após perderem mais dois homens durante o trajeto.

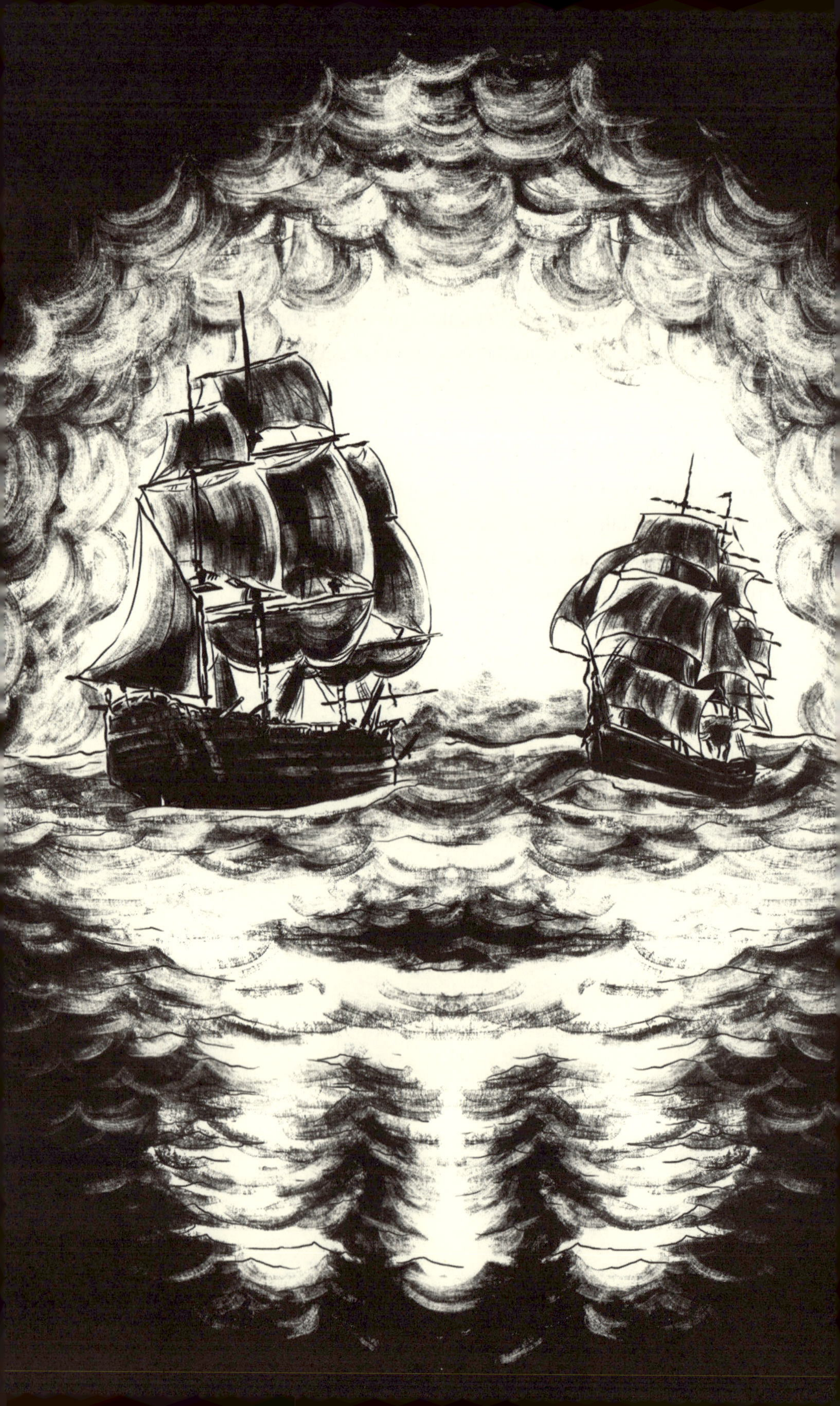

X
Iron Fist

A CHEGADA DO MIA DONNA FOI TRIUNFAL. DEPOIS QUE correu a notícia pelos oceanos e portos de que o Orca havia encontrado o artefato, todos queriam ter a honra da presença do Capitão em seu porto, estalagem ou taverna. Apenas não esperavam que o navio estivesse tão destruído.

"Teriam eles enfrentado uma violenta tempestade?", indagavam-se alguns.

Os questionamentos logo se tornaram histórias mirabolantes com o desembarque dos marujos decididos a jamais ver o mar.

Depois da chegada, Flirk chamou carpinteiros do estaleiro local para avaliar o estado do navio. Os danos eram muito extensos e os reparos seriam demorados e extremamente caros. Ele não tinha muito que fazer. Estava falido, sem embarcação, e havia lhe restado um punhado de homens, os melhores, é verdade, mas ainda poucos para navegar.

Mesmo que consertasse o Mia Donna, teria dificuldades para completar a tripulação. Diante das perdas de vidas e dos relatos feitos pelos desertores, os que ousassem embarcar exigiriam um adiantamento para deixar com suas esposas e filhos, diante da morte quase certa.

Flirk seguiu sozinho para a primeira taverna que encontrou, enquanto Malet ficou no navio, na companhia de Nelson, procurando soluções com o carpinteiro para o conserto, mas era inútil, como eles rapidamente puderam perceber. Nelson ficou com a incumbência direta de Flirk para designar homens, a fim de montar guarda na cabine e proteger o artefato e as gemas.

No local, Flirk foi atormentado por curiosos, estranhos de todas as partes do mundo que passavam por aquelas paragens, inclusive asiáticos. Notou também alguns velhos conhecidos, entre eles o filho de um amigo de seu pai, morto em batalha. O capitão chamava-se Peter e era tido no meio naval como esperto, cheio de ardis e ganancioso ao extremo. Recebera de um tio uma enorme embarcação, o Seegeister, que era usado para o comércio, tinha, pelo menos, oito metros a mais que o Mia Donna, 18 canhões, comportava uns noventa homens e poderia levar muita carga.

O homem estava sentado distante, ao fundo da taverna, mas era impossível que não o tivesse visto entrar, especialmente depois de tanta gritaria e assédio dos frequentadores. Peter mantinha-se impassível, bebendo e conversando com alguns membros de sua tripulação. Ele ignorava por completo a presença do, agora mais que nunca, famoso Orca.

No outro lado do ambiente, havia também um marujo mal-encarado, vestido num casaco avermelhado, que espiava os seus movimentos. O Capitão já avistara aquele homem antes, não lhe era estranho, apenas não sabia onde e não lhe deu muita importância.

Flirk bebeu, fingindo que ouvia os comentários das pessoas à sua volta e pensando em como faria para concluir o seu encargo. Enfim, depois de duas horas, detestou a ideia que teve, mas não havia escolha. Levantou-se e se dirigiu até o Capitão Peter. Teve a sensação de que ele, vendo sua chegada, soltou um sorriso contido de satisfação, como se soubesse, o tempo inteiro, o que aconteceria naquela noite.

— Meu caro e grande Capitão Peter, dê-me licença para sentar!

— Ora, se não é o renomado Flirk Sullivan! É um prazer dividir a mesa com o homem que encontrou o artefato dos cinco elementos! Meus parabéns!

Flirk sentiu o ar de falsidade do homem, mas não havia retorno, necessitava dele. Sentou, tomou uma caneca de rum e conversou longamente sobre histórias diversas e, em especial, sobre a aventura que iniciara. No início da madrugada, com poucos fregueses no local, chamou Peter para uma mesa vazia e falou:

— Peter, preciso continuar a cruzada! Quase toda minha vida foi voltada para isso e não posso parar justamente agora!

— Claro, Sullivan, mas parece que você não tem mais um navio. Ao menos um que possa sair deste porto sem afundar — disse ele impassível, deixando clara a precariedade da situação enfrentada por Flirk. O único navio atracado que serviria para aquele propósito, além do Mia Donna, era o Seegeister.

— Eu sei. Por isso quero sua ajuda — concordou, contrariado, e fez a proposta.

O acerto foi firmado. Não era dos melhores, mas era o possível. Eles dividiriam ao meio o tesouro encontrado, qualquer que fosse, quando completassem a missão. Além disso, Peter ficaria com três gemas que escolhesse, enquanto Flirk manteria as duas restantes e o artefato. A tripulação e os mantimentos seriam pagos por Flirk.

Em troca, Peter emprestaria o navio pelo tempo necessário, mas a tripulação seria formada, na maior parte, por homens da confiança de Flirk. A cabine seria ocupada por Flirk e Malet, e Peter sucederia no comando, caso algo acontecesse ao Capitão. Tudo ajustado, decidiram partir em dois dias, tempo necessário para os preparativos.

Na manhã seguinte, Nelson e Malet ficaram a par do trato. A garota demonstrou certa indiferença, era pragmática e, se aquilo se impunha para completar a aventura, que assim fosse. Nelson, por sua vez, detestou o acordo. Não pelos seus termos, que, em certa medida, eram relativamente justos, mas pela contraparte, o Capitão Peter. Apesar de nada ter dito, sua irresignação ficou clara para todos quando ele pediu licença para sair.

— Providenciarei tudo, Capitão, precisamos correr — avisou e saiu, sem esperar qualquer sinalização.

Flirk relevou a postura do amigo e disse para Malet:

— Não ligue, ele tem problemas antigos com o Capitão Peter. Certa vez, quando ambos eram imediatos, tiveram a chance de competir para assumir o comando do navio do tio de Peter, o Seegeister. Nelson falhou e ficou enciumado desde então.

Malet deu de ombros, não queria esticar a conversa com o pai. Algo, todavia, não lhe parecia correto. Ela conhecia bem Nelson e ciúme não era razão suficiente para causar tamanho incômodo. "Ele não é homem de grandes vaidades, decerto está preocupado com algo muito mais sério, eu descobrirei o quê!", Malet confabulou consigo.

Depois de transferir os principais pertences, mantimentos e armas para o Seegeister, Flirk pegou um empréstimo com o maior comerciante local, um velho italiano traiçoeiro, o senhor Puglia, que exigiu o Mia Donna em garantia. Era a única saída, lamentou Flirk, que usou parte do dinheiro para adiantar o pagamento da tripulação. Assim, conseguiu atrair antigos marujos conhecidos e de confiança, mas muito gananciosos. Comprou mantimentos suficientes e, com a maior parte do dinheiro, iniciou a reforma de seu querido navio, sendo essa uma das condições do velho para fazer o empréstimo. Ele demandou que se empregasse a maior parte do dinheiro para deixar o navio novo em folha, pois, em caso de atraso, o venderia rápido. Flirk, apesar da torcida em contrário do senhor Puglia, tinha a certeza de que saldaria a dívida e recuperaria sua embarcação.

O Capitão chamou Nelson para, em particular, determinar que tirassem do Mia Donna seus gigantescos canhões de bronze que disparavam projéteis de 42 libras e os colocassem no Seegeister. Isso foi feito na calada da noite, para que o mínimo de pessoas soubesse da transferência. Aquelas eram armas destinadas a navios muito maiores e o Capitão as havia adquirido, há muitos anos, de um contrabandista. Ele conseguira os canhões em um estaleiro de reparos nas Antilhas, que consertava um *Man of War* espanhol, depois de ser avariado durante uma tempestade. Flirk havia adaptado as armas, cortando um terço de seus canos, a fim de diminuir o peso de cada uma para cerca de 2,3 toneladas. Com essa redução, os canhões ao serem disparados recuavam violentamente, dificultando o manejo, motivo pelo qual eram acionados como derradeira opção.

A intenção de Flirk era estar preparado para a eventual necessidade de se defender de uma abordagem. Apesar de os canhões terem curto alcance, diante da modificação que fizera, quando disparados próximo ao inimigo, seus projéteis eram devastadores. Flirk os apelidara de Uranos, em referência ao personagem da mitologia grega mutilado por Cronos.

A saída do Seegeister atrasou um dia, pois as condições de vento não eram favoráveis. No momento certo, pela manhã bem cedo, soltaram as amarras, e suas gigantescas velas se esticaram com o vento, afastando-o do Porto de Las Golondrinas. Havia algumas ilhas no entorno, das quais Flirk queria se distanciar para poder utilizar o artefato em segurança, sem chamar atenção.

No decorrido de menos de uma hora, um marujo, do alto da gávea, gritou:

— Vela à vista!

Por detrás da ilhota Morana, saiu um navio, de médio porte e muito veloz em rumo de interceptação do Seegeister. Se fosse do Mia Donna, uma caçada seria desgastante e demorada, e Flirk ficaria à mercê da estratégia do comandante rival e da sorte. No caso do Seegeister, não. Por ser maior, mais largo e pesado, além de possuir uma área vélica proporcionalmente menor, a abordagem seria muito mais rápida.

Flirk mandou soar o alarme. O contramestre tocou o sino e todos os marujos assumiram seus postos de combate.

Malet, apreensiva, perguntou a Flirk:

— Estamos em perigo? Vamos ser abordados?

— Fique tranquila, minha querida, e continue na minha cabine. Afundarei aquele castelo de cupins antes que cheguem a cem metros de distância — afirmou otimista, querendo reconfortar a filha.

Flirk, entretanto, sabia que não seria simples assim. Aquele barco com cinco mastros de velas latinas era um leopardo correndo em torno de um jovem búfalo. O inimigo poderia manobrar rapidamente e se reposicionar sem complicações. A única vantagem do Seegeister era o poder de fogo de seus canhões, mas ainda assim ele era o "búfalo". Apenas um golpe direto e certeiro com seus dois chifres mataria ou, ao menos, afugentaria o leopardo.

O Capitão Orca tinha que dar tudo de si e torcer para que o adversário cometesse algum equívoco, colocando-se na linha e na distância certa dos canhões do Seegeister. Ele estimou que, em menos de uma hora, os navios estariam na distância de combate. Flirk precisava aproveitar o maior alcance de suas armas para empreender uma investida. Através da luneta, do alto do seu castelo de popa, ele viu a bandeira que flamulava no mastro do seu algoz. Era uma *Jolly Roger*, uma bandeira pirata. Tinha fundo negro e trazia uma caveira pintada de vermelho com um sabre branco atravessando o crânio, de cima para baixo. Ele não gostou daquela visão, pois revelou a identidade do seu perseguidor. Tratava-se do pirata norte-americano Jude Shaw, capitaneando o seu Iron Fist, o barco pirata mais rápido de todas as Índias Ocidentais.

Orca sabia da truculência daquele Pirata. Eles haviam navegado juntos algumas vezes, quando foram corsários da Coroa Inglesa, mas Shaw não misturava amizade com negócios e, por certo, estava atrás do artefato, pois a notícia de seu achado havia se espraiado muito rápido. Com aquele prêmio em jogo, Flirk sabia que o homem não desistiria facilmente, se é que o faria.

O Iron Fist tinha dez canhões de 24 libras, de curto alcance. Ele se valia da maior manobrabilidade para se aproximar do navio inimigo e flagelá-lo com suas armas, caso não se rendesse. A sua tática seria se aproximar ao máximo de Flirk, disparar suas armas, danificando a mastreação do Seegeister, caso tentasse fugir da abordagem, e saqueá-lo.

Flirk tinha de se valer da distância já que seus 18 canhões de 18 libras, cada, conseguiriam disparar com boa precisão a quase trezentos metros.

Shaw estava se aproximando rapidamente e distava uns oitocentos metros da popa do Seegeister. Ele vinha por trás e um pouco pela esquerda, enquanto o vento de través que impelia as embarcações entrava a boreste, ou seja, vinha pela lateral direita. Ele manobrava o navio para ficar a sotavento do Seegeister, pois queria ficar do lado por onde saía o vento de seu alvo. Desse modo, facilitaria alguma fuga, se necessária, e seus canhões ficariam em um ângulo mais elevado, já que o navio com a força do vento adernava para o lado esquerdo. Com isso, poderiam alvejar a mastreação do Seegeister e imobilizá-lo, evitando acertar o casco e correr o risco de afundar sua presa, sem nada pilharem.

"É uma aposta ousada!", pensou Flirk. Atacar a barlavento é a tática preferida nos combates, diante da melhor possibilidade de ajustar a distância e fazer com que a fumaça produzida pelos disparos, imensas nuvens negras, diminuísse a visibilidade do inimigo.

Flirk não poderia deixar que ele se aproximasse mais. Ele precisava forçar um ataque ou seria tarde, então gritou:

— Virem a bombordo noventa graus! Sigamos com o vento em popa!

Então o Seegeister girou e apresentou toda sua lateral esquerda para o Iron Fist. O Capitão mandou que seus homens de armas se preparassem.

— O que você está fazendo, Flirk? Temos de tentar fugir! — protestou Peter, que estava ao seu lado.

Orca o ignorou por completo, como se ele nem estivesse no local.

O Iron Fist manteve seu curso, vindo quase de frente para Flirk. Era uma estratégia exageradamente temerária aquela adotada por Shaw, pois apesar de diminuir a área passível de ser alvejada, ele não tinha poder de fogo e oferecia uma parte frágil do navio, a proa, caso fosse atingida em cheio.

O Capitão Orca sabia, entretanto, que Shaw teria uma imensa vantagem caso não o atingisse. O Iron Fist vinha de través, com uma velocidade muito superior à do Seegeister, que velejava com vento de popa, quase parado em relação ao atacante.

Flirk falou para Nelson:

— Eles estão velejando entre nove e dez nós. Digamos que cubram nove milhas náuticas por hora. Isso equivale a 4,6 metros por segundo — raciocinou o experiente Capitão. — Só podemos tentar um disparo razoavelmente preciso a menos de trezentos metros, o ideal seria 250. Depois disso, em menos de um minuto, ele nos interceptará e poderá disparar seus canhões e nos abordar.

Temeroso, Flirk questionou Nelson:

— Em quanto tempo nossos homens conseguem recarregar?

— Nesse navio, não menos de três minutos, senhor — disse Nelson, consternado.

— Então, meu amigo, só temos uma oportunidade para acertar o infeliz e vamos adiá-la pelo maior tempo possível. Quero atacar quando estiver bem próximo.

— Preparem-se para disparar ao meu comando! — ordenou Flirk.

Observando o Seegeister da proa de seu navio, Shaw demonstrava ansiedade. Sabia que uma longa batalha com o velho Flirk seria arriscadíssima. Precisava tentar algo inusitado e nada poderia ser mais surpreendente do que aquela ofensiva. Ele conhecia bem o Seegeister, sabia de sua pouca manobrabilidade e velocidade, bem como das características de seus canhões.

Jude Shaw estava arriscando tudo, se sua proa fosse atingida em cheio por alguns dos nove canhões, ele afundaria. Mas a probabilidade de acerto era muito pequena. Se Flirk errasse, não teria tempo suficiente para recarregar e seria abordado. Caso não se rendesse, veria seus mastros e velas destruídos.

Shaw estava entrando na distância ideal de tiro de sua presa, menos de trezentos metros, quando gritou para a tripulação:

— Preparem-se para o impacto!

Flirk mandou esperar, esperar, e quando estavam a menos de duzentos metros, autorizou a saraivada de tiros de canhão, que rasgaram o ar, mas não chegaram sequer à metade do caminho, caindo na água!

— Flirk! Está ficando velho, meu Amigo! Perdeu sua chance! — gritou Shaw ao vento.

Flirk, do alto do Seegeister, ordenou:

— Preparem-se, homens, para sermos abordados!

Quase toda a tripulação subiu ao convés, armados com pistolas, mosquetes e sabres.

Shaw viu os marujos de Flirk no convés e riu:

— Eles pensam em resistir, Stuart! — disse para seu imediato.

Shaw tinha o dobro de marinheiros. Aquilo seria um massacre se Flirk não se rendesse. O pirata sabia também que a filha do Orca estava a bordo e que ele não arriscaria sua vida. Aquela batalha não duraria muito.

O Iron Fist estava prestes a se chocar com Seegeister e Shaw comandou:

— Virem a bombordo!

Os timoneiros viraram o navio, que respondeu quase que imediatamente. Era impressionante a agilidade daquela embarcação! Logo, os navios navegavam lado a lado, a menos de cinquenta metros.

Flirk notou o imediato de Shaw; era o marujo de casaco vermelho que ele vira no bar. Sabia que o conhecia! Como pôde esquecer? Se soubesse que Shaw estava nas redondezas, talvez tivesse evitado aquele encontro desafortunado.

Orca olhou nos olhos de Shaw e gritou:

— Soltem suas armas, homens!

Os marujos ficaram incrédulos e Flirk repetiu:

— Estão surdos? Soltem suas armas, já!

Então, toda a tripulação deixou seus objetos caírem no convés. O Capitão Shaw sorriu ao ver aquele ato de rendição e ordenou:

— Preparem os ganchos, homens, vamos abordar!

A quase totalidade dos piratas do Iron Fist subiu ao convés principal. Os navios folgaram as velas, a velocidade das embarcações foi diminuindo aos poucos, e eles seguiram se aproximando lentamente. Quando estavam a uns vinte metros de distância, o imediato Stuart notou algo estranho e gritou para Shaw:

— Senhor, o navio deles está com algum problema. Está muito inclinado para bombordo. Por isso os tiros saíram tão baixos!

Shaw olhou com cautela o Seegeister e gritou:

— Fui enganado! Maldito Flirk!

Stuart então notou a tragédia. Havia duas portinholas de canhões fechadas. No ardor da batalha, não se deram conta de que, dos nove canhões de bombordo, apenas sete tiros foram disparados. Dois ficaram prontos e carregados.

— Tudo bem, senhor, são só dois canhões de 18 libras. Vão nos avariar a essa distância, mas podemos resistir e dizimá-los em menos de dois minutos. Eles não têm tempo de recarregar os outros! — falou, com confiança, o experiente imediato, que mandou os homens voltarem aos postos, cancelando a abordagem.

Nesse exato momento, Shaw olhou para Flirk, que o cumprimentou respeitosamente com um aceno de cabeça, e gritou, com certo pesar:

— Disparem!

Quando as duas portinholas se abriram, o Capitão Jude Shaw viu seu fim e falou desesperado:

— Eles não precisam recarregar nada, Stuart...

Ao serem descerradas as aberturas, duas bocas de canhão imensas, que sequer passavam pelas fendas, foram reveladas. Eram os Uranos trazidos do Mia Donna!

Stuart soltou um grito que foi abafado pelos dois estrondos descomunais.

O Seegeister vibrou todo e pedaços de madeira das portinholas, que não haviam sido dimensionadas para os dois monstros, foram arrancados. A dupla de projéteis, de puro ferro fundido de 42 libras, acertou o Iron Fist, logo acima da linha d'água, com uma energia incrível, em razão da pequena distância entre os navios. O impacto dos bólidos causou dois rombos gigantescos que destruíram os conveses e fizeram voar milhares de pedaços de madeira. Todos os marinheiros a meia-nau morreram e a pólvora do convés abaixo dos canhões do

Iron Fist foi detonada, causando uma imensa explosão. Toneladas de água entraram no navio em poucos segundos, fazendo-o se partir ao meio e afundar em um instante.

Malet, aflita, assistiu a toda a ação da cabine de seu pai. Ela olhava por uma das janelas quadriculadas de vidro duplo que davam um colorido estranho às cenas da batalha. A imagem formada através dos painéis translúcidos era levemente borrada, o que conferia beleza e dinamismo artificiais ao drama.

Para os homens cujas vidas estavam em risco, no entanto, o tempo não fluía, parecia que tudo se sucedia simultaneamente, como se os acontecimentos se sobrepusessem em um mesmo instante que não acabava. Não havia clareza alguma e, muito menos, colorido no embate. Tudo aparentava estar nebuloso e cinza, e os combatentes apenas ansiavam sair vivos e rever seus portos seguros, fossem o que fossem, uma mulher, um filho, a terra natal ou mesmo uma garrafa de rum em cima da mesa engordurada de uma taverna qualquer.

Malet chorou ao ver tantas vidas interrompidas pelo acesso de ganância de um só homem. "Assim são as coisas na vida", refletiu a garota e concluiu: "As disputas, batalhas e guerras são encetadas pelas mentes de alguns poucos que, em geral, ficam a distância, no conforto e em plena segurança; mas são alimentadas pela coragem e sangue de muitos."

— Ao menos na pirataria existe certa coerência e justiça, já que a "mente" costuma afundar com o "corpo" — suspirou sozinha.

Flirk mandou parar o Seegeister e descer dois botes para apanhar os náufragos do Iron Fist, mas não houve sobreviventes. O navio havia tragado todos os piratas para as profundezas.

Flirk estava eufórico por saírem completamente ilesos. Era um milagre, pois nada havia ocorrido ao Seegeister ou à sua tripulação, exceto pelas portinholas que precisavam de reparo imediato pelo carpinteiro do navio, de modo a evitar que o navio fizesse água em caso de tempestade.

O Capitão lamentou a morte daqueles homens, mas se lembrou da máxima existente entre os piratas: eles "viviam pela espada, mas morriam pela espada" e seguiu seu curso.

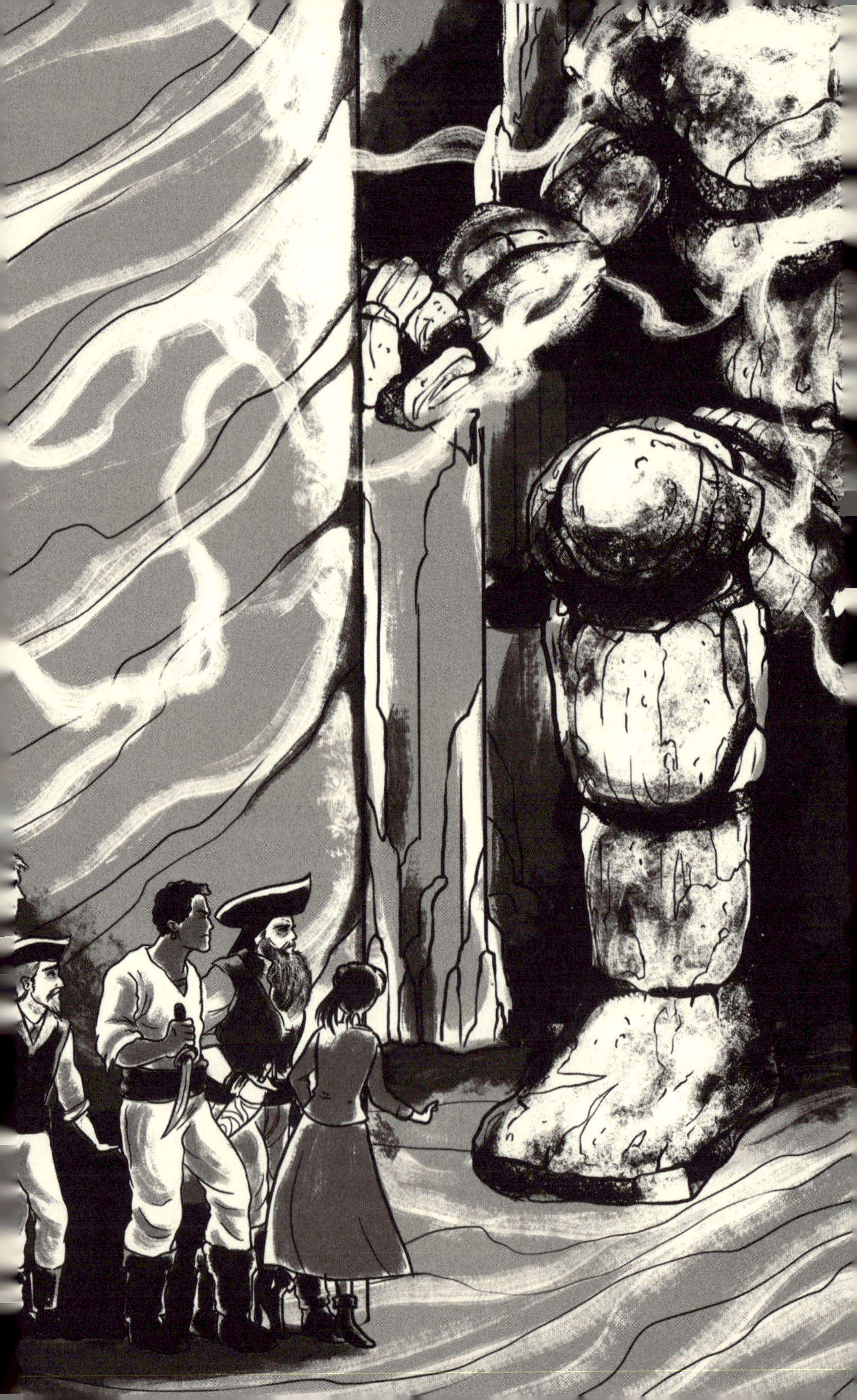

XI
Nenhum estranho!

Após o conserto das portinholas, era chegada a hora de colocar mais uma gema no artefato. Ele havia sido guardado e transportado do Mia Donna em um pesado baú de bronze. A cabine de Flirk vinha sendo vigiada, do lado de fora, por quatro dos seus melhores homens, revezando-se as duplas, dia e noite. Desta vez, estavam presentes, além de Flirk, Nelson e Malet, o Capitão Peter e seu imediato Guus, um enorme holandês mal-encarado. Demoraram dias até que alguém ouvisse algum som saindo de sua boca que não fosse o seu mascar de fumo.

Malet estava com a gema extraída do cetro da líder das sereias. Quando a retirou do pequeno saco feito de couro, a linda safira, de um azul intenso, brilhou com a luz que entrava pela janela. Peter arregalou os olhos, ao mesmo tempo que Nelson ficou ainda mais nervoso com a presença daquele homem.

Em seguida, retiraram o artefato do baú e o colocaram sobre a mesa. Ao removerem o pano que o envolvia e revelarem a imagem do objeto com as três gemas encaixadas, Peter não se conteve e falou, quase gaguejando:

— Elas não têm... não têm como serem mais perfeitas! São sublimes!

Nelson cerrou fortemente os punhos, a ponto de suas longas unhas cortarem a pele das mãos.

Flirk alardeou:

— Preparem-se para o mais impressionante.

Então, Malet se aproximou do terceiro orifício e pôs a safira em seu lugar. Passaram-se uns oito segundos e nada, quando Peter falou:

— E então? É só...

Antes de concluir seu comentário tolo, o navio passou a chacoalhar fortemente. Ao olharem pela janela, viram uma parede de água se formando e circundando o navio, que iniciou um giro descontrolado. Nuvens escuras cobriram o céu e ventos violentos começaram a soprar sem direção certa. Por sorte, o mestre do navio mandou que baixassem todas as velas a tempo, ou teriam sido arrancadas. Dois homens da tripulação de Peter foram arrastados do convés pela força do vento, enquanto a muralha circular de água não parava de crescer, até alcançar cerca de cem metros de altura. O navio, então, parou de rodar e ficou aproado para o rumo de 233 graus magnéticos, segundo a bússola. A coluna de água foi baixando devagar, enquanto o artefato estava sendo riscado, mostrando novos desenhos. Os olhos de Peter lacrimejavam e ele perguntava horrorizado, agarrado a uma coluna de madeira:

— O que é isso? O que é?

Malet riu da situação, enquanto Nelson, dessa vez, ficou aliviado e feliz de ver medo nos olhos do homem. Ele não percebeu, contudo, que isso lhes acarretaria uma grande desventura, em seguida.

Finda a gravação sobre o artefato, revelou-se a palavra TERRA abaixo da cavidade seguinte, além de ter surgido um mapa topográfico que substituiu toda a informação anterior. Ele destacava elementos de uma imponente ilha e indicava, em sua parte inferior, ao centro, o mesmo símbolo que os havia levado até a caverna do dragão.

Malet, bastante perdida, olhou para o pai e fez a mesma indagação que Flirk tinha em mente:

— Como vamos saber onde fica a ilha, de modo que esse mapa tenha alguma serventia?

Flirk respondeu que achava que teriam de adivinhar de qual ilha se tratava, pela dimensão e formato do terreno, utilizando as tradicionais cartas náuticas da região.

Saíram da cabine debatendo acerca da encruzilhada em que estavam. Malet comentou que a ideia de Flirk talvez de nada servisse, pois até então os locais apontados pelo artefato não constavam em qualquer carta.

— Você tem razão, Malet — assentiu o Capitão, desmotivado.

Enquanto olhavam a coluna de água se dissipando, quase próxima do nível do mar, Nelson deu um grito, apontando no rumo da proa:

— Olhem! Não precisamos procurar!

Todos ficaram boquiabertos! Era a ilha! Peter exigia explicações, mas ninguém as tinha, e Flirk não perdeu tempo, ordenou que se baixassem quatro botes, com sete homens cada. Dessa vez chamou Malet para acompanhá-lo, o que lhe rendeu um leve toque da mão da filha. O Capitão ficou enrubescido, era a primeira vez em anos que sua filha se aproximava espontaneamente.

Convidou também Peter para seguir com eles. O homem titubeou bastante, mas, por fim, aquiesceu. Decidiu levar seu imediato gigante que, sozinho, ocupava o lugar de duas pessoas no barco a remo. Nelson, mais uma vez, ficou no comando do navio, torcendo para que, quem sabe, Peter não voltasse mais.

Apesar de um pouco distante, Flirk achou mais prudente não mover o navio, então tiveram de remar por cerca de meia hora. Ao chegarem em terra, encontraram uma ilha repleta de plantas e flores muito coloridas e diferentes. Ouviram cantos inéditos de pássaros. O sol estava no alto de suas cabeças, mas, incrivelmente, não fazia calor e apresentava um inusitado tom avermelhado. Outra vez, Flirk havia se valido do artifício de transcrever o mapa para um papel, e eles se puseram a caminhar.

Segundo as referências do documento, andariam cerca de uma hora, que acabou se convertendo em duas. Batedores tiveram que cortar a vegetação com facões e machados e abrir espaço para a passagem do grupo. A volta, no entanto, seria mais rápida com a trilha já feita.

Malet olhou ao redor e, apesar da beleza de tudo, sentiu-se muito desconfortável. Tinha a sensação de estarem sendo vigiados, não obstante inexistir um único indício de alguma pessoa ter estado naquela ilha. Depois de cruzarem dois riachos, subiram um pequeno morro, que tinha por detrás uma espaçosa planície. Ao centro dela, destacava-se um edifício enorme feito de pedra. Era o exato local marcado com o símbolo no mapa.

Desceram vagarosamente o morro e se acercaram do local, em silêncio. Todos ficaram intrigados com o pórtico pelo qual passaram. Ele tinha dez metros de altura e 16 de largura, era formado por duas colunas imensas, encimadas por um bloco descomunal de pedra lapidada em forma de um hexágono que deveria ter mais de duzentas toneladas! "Como teriam colocado aquilo lá em cima?", questionou-se Malet. "Seriam necessárias centenas de homens, muitas cordas, troncos de árvores e, mesmo assim..."

Ao entrarem no prédio, se viram em um salão repleto de apetrechos enormes: uma cadeira em formato de trono, ricamente esculpida em um único bloco de pedra; lanças e escudos de madeira; uma estante de pedra com ossos estranhos e uma diversidade de objetos. Pela dimensão deles, Malet imaginou que o lugar seria uma espécie de templo esquecido em homenagem a deuses gigantes. "Mas se for isso, onde estão as estátuas? Será que as pessoas abandonaram o local antes de as esculpir?", ponderou.

Mal consumou sua reflexão e estrondos ecoaram do compartimento ao lado. Era um barulho ritmado, cadenciado, que lembrava... passos!

Eles se esconderam atrás de uma das colunas do salão e viram um ser de pedra de uns oito metros de altura cruzar o ambiente e sentar na cadeira. Os marujos trocaram olhares admirados, enquanto outros dois monstros surgiram para apanhar algumas lanças e escudos e saíram da construção.

O gigante que estava sentado parecia exausto e acabou caindo no sono. Tinha o corpo todo coberto por rochas, como uma intransponível carapaça. Os braços eram fortíssimos e a cabeça, também toda recoberta de pedras, desproporcionalmente pequena. Se pudessem arriscar um palpite, aquele seria o mais velho e, talvez, o chefe do bando. Não usava roupas, afora algumas cordas em torno do tórax e, no centro do peito, Flirk viu um vigoroso brilho verde.

— Veja, Malet, é a gema! — murmurou.

No tórax do gigante havia um desenho, idêntico ao da caverna, só que em menor escala e com uma esmeralda ao centro.

"Tenho de arrancar aquilo de seu peito", pensou Malet, já traçando um plano. Flirk, todavia, antecedeu-se à garota, segurou seu braço e falou:

— Fique aqui, em segurança. Vou pegar a pedra.

Antes que ela pudesse fazer algo, ele foi pelo canto da sala, tentando se aproximar do gigante sentado. Escalou a lateral da poltrona e subiu por uma lança de madeira nela encostada. Já estava próximo quando o monstro se mexeu e cruzou o braço sobre o peito, deixando a gema inacessível. E assim ficou por quase uma hora. Flirk aguardou irrequieto, até que ouviu um barulho fora do prédio — deveriam ser os dois gigantes que haviam saído.

Malet percebeu que eles não tinham mais tempo! Se mal podiam enfrentar uma, imagine três criaturas. Ela, então, tirou uma pistola da cintura de Peter e correu em direção ao gigante. Seu pai ficou surpreso com a atitude, até que ela apontou a arma para o olho do gigante e disparou, gritando:

— Agora, pai!

O gigante de pedra acordou atordoado, levantou-se de uma só vez, sem notar que Orca estava pendurado em uma das cordas em torno de seu peito. O tiro não tinha feito absolutamente nada a ele, a não ser expelir uma pequena nuvem de poeira de sua pálpebra de pedra. Porém, o estrondo reverberou no salão e atraiu a atenção dos demais, que vieram em socorro do suposto líder, apesar de não parecer que ele tivesse qualquer problema para esmagar todo o grupo de marujos sozinho. O primeiro alvo escolhido foi Malet, que correu como uma pantera e se esgueirou em uma fenda na parede. O Ogro pegou uma das lanças ao lado de sua cadeira e dirigiu-se para Malet, com a intenção de enfiar a arma no buraco. Enquanto isso, Flirk se balançava nas cordas e tentava alcançar a esmeralda.

Os dois outros bichos de pedra, ao entrarem no salão, viram um dos homens tentando correr para a saída e o esmagaram, no mesmo instante, com uma pisadela. Os marinheiros atiraram inutilmente contra os seres, apenas aumentando sua agressividade. O líder estava prestes a enfiar a lança na fenda e atingir Malet, quando Flirk conseguiu encravar o seu punhal e retirar a esmerada. Os gigantes ainda se movimentaram por um ou dois segundos e depois se desfizeram em uma avalanche de pedras. Flirk escorregou agilmente pela corda e saltou por cima dos escombros, correndo até o grupo. "Não é que ainda era capaz de ações ousadas de quando mais jovem?", pensou orgulhoso. Pegou a filha, reuniu todos e voltaram para a trilha.

A expressão no rosto de cada um demonstrava o pavor diante do ocorrido. Peter, então, se retorcia como uma criança que tinha visto um fantasma. Fizeram o caminho de volta com muita pressa, receando que outros membros do bando pudessem segui-los.

Ao chegarem à praia, um animal muito grande, parecido com um jaguar misturado com urso, de pelo longo e esverdeado que lhe permitia se confundir com a folhagem, saltou sobre eles, agarrando um homem de meia-idade há pouco tempo recrutado. Era justamente um que Malet observara, deveras empolgado, na fila de recrutamento, no armazém em Klinard. Não houve possibilidade alguma de reação e, assim como veio, o bicho sumiu na densa vegetação, levando o corpo do pobre marujo.

Malet finalmente compreendeu que seu receio tinha fundamento. De fato, estavam sendo vigiados desde sua chegada e era melhor que abandonassem a ilha enquanto podiam. Aquela criatura liquidou qualquer sensação de segurança. Os homens se apressaram em arrastar os barcos da areia para o mar, no intuito de logo retornarem ao navio, o que fizeram em tempo recorde graças à adrenalina que lhes corria no sangue.

Já no Seegeister, Flirk, que não sabia como tinham chegado à ilha e muito menos qual seria sua localização, estava certo de que não deveriam ficar ali por mais tempo. Como o vento era favorável, determinou que adotassem o rumo inverso ao qual o barco estava aproado e, talvez, assim pudessem sair do local. Já era noite quando assumiram o rumo de 53 graus e seguiram por uma hora, até que o artefato pulsou mais uma vez, o navio foi sacudido e o mapa da ilha se desfez. As linhas em torno das gemas e do nicho destinado à esmeralda apareceram mais uma vez, com um som estridente como vidro sendo arranhado pela ponta de uma faca. Concluído o desenho, Flirk compreendeu onde estava a ilha: numa região remota do oceano Atlântico. "De que forma viemos parar aqui?", pensou, impressionado.

Como era noite e não tinham maiores referências de onde, de fato, estavam (se continuavam perto da ilha ou se haviam sido transportados para outro ponto), Orca determinou que mantivessem o curso e seguissem com pouca velocidade. Boa parte das velas foi baixada, pois não sabiam o que tinha adiante. O vigia no cesto da gávea tentava perceber alguma informação e evitar qualquer perigo. A lua crescente e o céu claro, sem nuvens, permitiram uma navegação relativamente segura. Mas Flirk logo descobriu que sua cautela não tinha sido à toa. Um pouco adiante, avistou um farol que, pela altura, tipo de luz e iluminação das casas, reconheceu ser o do Porto Soledad, próximo das Pequenas Antilhas.

O Capitão Peter, depois do retorno, estava bastante afetado pela experiência e comentou com seu imediato:

— Guus, poderíamos ter morrido facilmente hoje durante essa viagem! — falou aterrorizado. — Esse objeto é maligno! Não podemos seguir com isso a bordo.

O imediato apenas assentiu, balançando a cabeçorra. Peter compreendeu que, se não desejava aventurar-se de novo, pondo sua vida em jogo, só havia um único modo de sair daquela situação. Os guardas que protegiam a cabine seriam um penoso desafio, mas logo imaginou um plano:

— Sei quem pode nos ajudar, Guus! Ele não gosta muito de mim, mas tem muito mais a perder se não me auxiliar! — falou, soltando um sorriso irônico.

◆

Flirk guardou a esmeralda consigo e resolveu desembarcar no porto, onde uma pequena multidão o recebeu, eufórica. Ele deixou a porta da cabine vigiada por quatro guardas, além de colocar uma dúzia de outros em alerta para o caso de qualquer larápio querer roubar o objeto, pois em terra, naturalmente, o risco era maior.

Malet o acompanhou e viu o quanto sua família era estimada. Por um momento, imaginou-se vivendo a saga dos Sullivans e se tornando a primeira capitã de que se tinha notícia naquela linhagem. Logo em seguida, no entanto, achou o pensamento tolo e idealizou como seria viver em uma grande cidade, com marido e filhos, escrevendo livros e lecionando em escolas ou mesmo universidades.

A experiência que tivera com o alemão Thorsten a tinha marcado para toda a vida. Sabia que os livros eram fontes de informações valiosas e que, através deles, poderia mudar a vida de muitas pessoas. Talvez esse fosse seu papel principal: acreditava que uma pessoa que amealhasse algum conhecimento, dominasse um ofício, aprendesse uma arte, tinha a obrigação moral de divulgar e ensinar o que aprendera às outras pessoas. Como repetia tantas vezes, em alemão, seu amigo e professor: *"Nur durch das*

Licht des Wissens kann die Dunkelheit der Unwissenheit zerstreut werden" ou "Apenas com a luz do conhecimento as trevas da ignorância podem ser dissipadas."

Seguiram para a maior taverna local, onde foram festejados com bebida e comida fartas, pagas por clientes e pela própria casa, honrada que estava pela visita do célebre Capitão Orca.

Em meio àquela farra, depois de comer, conversar com o pai e observar tudo ao redor, Malet se impressionou com o quanto os homens conseguiam se divertir em um ambiente tão degradante. Mesas sujas de restos de alimentos, cheiro de urina vindo da latrina quando alguém abria as portas dos fundos, fumaça de baforadas de charutos pairando sobre suas cabeças, vindas de bocas desdentadas que riam alto de conversas sem nexo. Era um ambiente de música alegre para pessoas tristes e vazias. Definitivamente, não era seu lugar! Chamou o pai para irem embora, porém, ele não gostava de abandonar seu posto antes do tempo, mas, surpreso com o convite da filha, resolveu sair. Foram caminhando pela margem do rio, que desembocava no mar depois de fazer uma sinuosa volta, o que servia de excelente porto natural. A princípio, ficaram calados, mas Malet rompeu o silêncio e perguntou:

— Por que o senhor desistiu de me procurar?

— Eu não desisti, filha, óbvio que não! — respondeu Flirk entristecido. — Procurei por todo lugar, até que uma amiga de Mia me disse que você havia embarcado no navio Soledad com destino à Espanha. Quando soube que ele havia naufragado perto dos Açores, sem sobreviventes além de dois homens da tripulação, fiquei destruído.

— Entendo... Mas, na verdade, eu peguei o Liberty e voltei para a Inglaterra. Se era para ficar sozinha, preferi fazê-lo por minha livre escolha. Não queria ficar vendo o senhor sempre partir em busca do artefato. Isso acabou com a mamãe e eu não desejava o mesmo destino.

— Filha, perdoe-me! É claro que...

Malet o interrompeu, dizendo, resoluta:

— Por favor, pai. Tudo bem! Vamos parar por aqui!

Flirk não quis argumentar. Sabia que qualquer coisa que falasse não seria tão eloquente como o tempo.

Assim, depois de terem ficado mais de três horas fora, retornaram para o Seegeister. Ao atravessarem a rampa de acesso à embarcação, tudo estava silencioso. Viram alguns homens com garrafas de rum dormindo no convés principal e se dirigiram para a cabine. Na porta, encontraram os quatro homens, quase espremidos.

Eles deram passagem, Flirk pegou a chave e abriu a porta. Malet sentou na cama e tirou as botas, cansada e com os pés inchados pela longa caminhada, quando Flirk soltou um urro ensurdecedor:

— Levaram as pedras!

Malet não acreditou no que viu. O artefato estava sobre a mesa, do jeito que o deixaram, mas as três gemas haviam sido furtadas!

Imediatamente, os quatro guardas entraram no recinto e o mais velho deles, que aparentava comandar o grupo, falou:

— Isso não é possível, Capitão! Nenhum estranho chegou nem perto sequer da porta, afianço minha vida, Capitão Flirk! — disse o homem, desesperado.

Orca revirou tudo, mas foi inútil. Afora a esmeralda, que estava em uma pequena bolsa presa em sua cintura e por baixo do casaco, as demais pedras haviam sido roubadas. Ele se voltou para o guarda e gritou:

— Você disse "nenhum estranho..." Quem esteve aqui?

— Apenas o imediato Nelson, senhor, mas bem no início da noite.

Flirk desmoronou sobre a cama. Jamais imaginaria que Nelson pudesse fazer aquilo! Tentou levantar todas as hipóteses: estaria embriagado? O homem não bebia. Fora forçado? Mas ele esteve lá sozinho e, caso contrário, teria os guardas para protegê-lo. Talvez tivessem sequestrado alguém que lhe fosse caro e exigiram as gemas como resgate! Ele, todavia, não tinha mulher, filhos, nada. Tudo o que possuía e lhe importava eram Flirk, o Mia Donna e, agora, Malet.

O Capitão estava inconformado. Não sabia o que tinha lhe atingido mais dolorosamente, se a perda das gemas ou da confiança de seu amigo-irmão.

Malet saiu da cabine com os guardas e procuraram por todo o navio, mas não encontraram o imediato.

— Tio Nel, o que você fez? — falou ela baixinho, desejando que, de alguma forma, ele a escutasse.

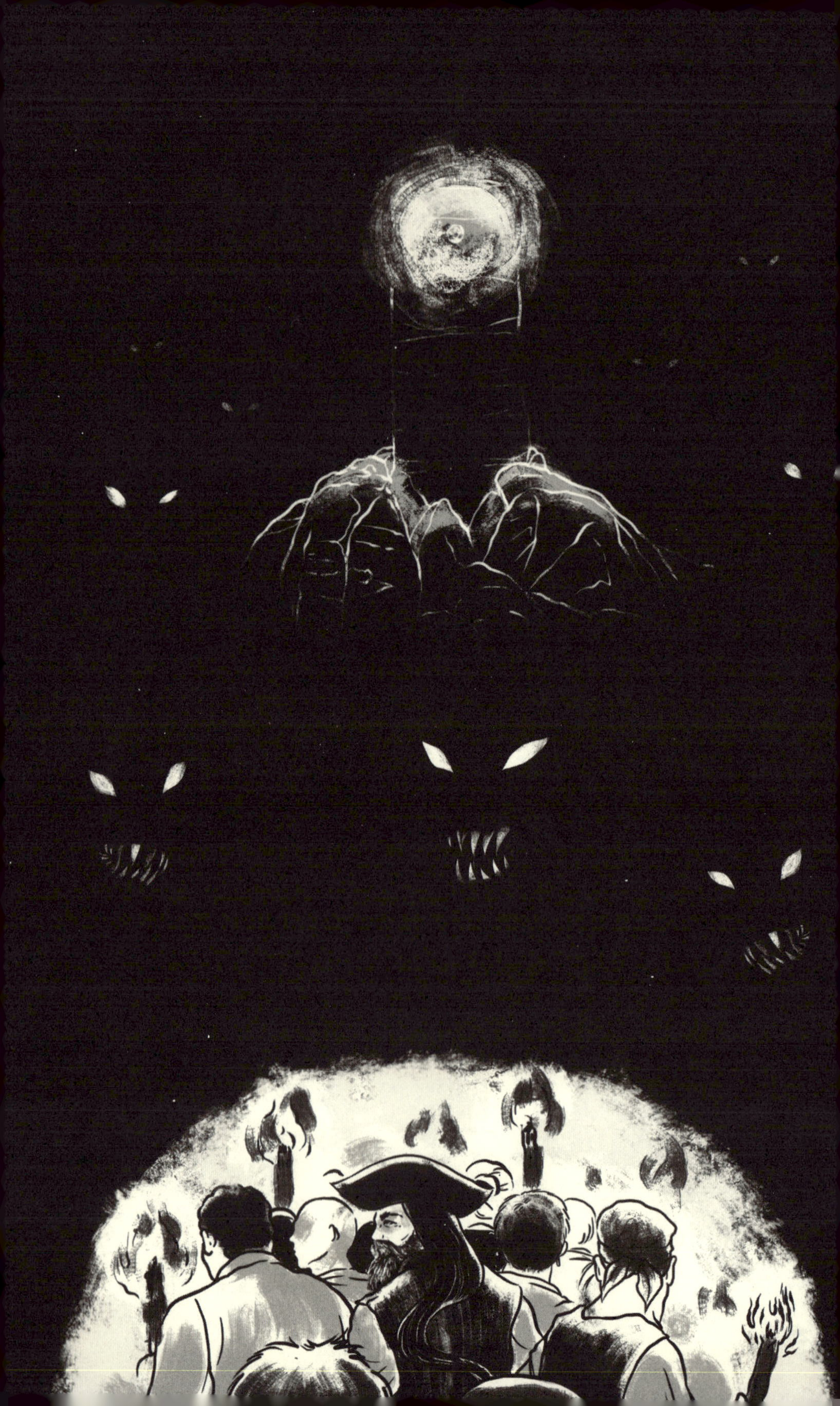

XII
Humanae vitae brevitas

PETER NÃO SE CONTINHA DE TANTA ALEGRIA. ACOMPAnhado do seu brutamontes, havia se escondido na pequena estalagem de uma velha quase cega, perto da igreja e a poucos minutos do porto.

— A rua estava praticamente vazia quando chegamos, creio que ninguém nos viu entrar, nem mesmo a mulher! — falou para Guus, zombando da deficiência da senhora.

Peter resolveu que partiriam dali apenas quando o Seegeister tivesse zarpado. Não adiantava se aventurar pelas estradas ou, pior, tentar fugir pelo porto. O melhor a fazer era esperar. Ele abriu um pequeno saco vermelho aveludado e de lá tirou as três gemas, iluminando-as com uma lamparina.

— Cada uma mais perfeita que a outra! — comentou, tentando estimar o quanto lhe renderiam a água-marinha, o rubi e a safira. Não dava para precisar, mas sabia que as joias lhe permitiriam comprar uma esquadra de navios, se quisesse.

— Guus, só precisamos ter paciência para cruzar o oceano em segurança. Assim, conseguirei vender os itens na Europa — comentou um pouco ansioso e se lembrou de um primo, Eduardo, que trabalhava na corte portuguesa. O parente era repleto de contatos e amizades, o que facilitaria encontrar os compradores certos.

Nelson sabia que, em algum momento, aquele capitão "moleque" faria alguma bobagem. O espanto e o pavor expressados pelo homem durante a busca da última gema denotavam que ele não seguiria de forma alguma para o próximo destino. A única coisa que poderia fazer, já que não conseguiria o seu navio de volta até que a empreitada acabasse, era roubar o artefato e as pedras. Isso, inclusive, não poderia passar daquela noite, pois, no dia seguinte, o Seegeister já estaria em alto-mar, à procura da joia derradeira.

Nelson resolveu vistoriar, no cair da noite, a cabine. Tudo estava em ordem, tanto o artefato como as pedras. Então, recomendou mais uma vez aos quatro guardas:

— Que ninguém se aproxime, especialmente Peter e Guus! Fiquem atentos, homens! — disse com voz enérgica.

Os homens balançaram a cabeça ao mesmo tempo, como se dissessem: "Pode confiar, senhor Nelson, aqui eles não passam vivos!"

O imediato pensou no quanto desejava contar ao Capitão o real motivo de sua repulsa por aquele homem e lembrou de como, infelizmente, se encontraram. Peter tinha o diário de seu bisavô Otto, que fora imediato de Carnat Sullivan. Lá, estava escrito como haviam achado e perdido o artefato. A narrativa, todavia, maculava a história dos Sullivans, fazendo de Carnat não um aventureiro ou herói, mas um odioso bandido.

Peter, sabedor da adoração de Nelson pelos Sullivans, utilizou o documento para chantageá-lo quando foram chamados por seu tio para disputar o comando do Seegeister. Ele exigiu que Nelson o deixasse ganhar a competição e, em troca, receberia o diário. Peter, por sua vez, jamais poderia contar o segredo ou a chantagem se revelaria e ele perderia o Seegeister para Nelson, que manteve o documento guardado com seus pertences e jamais noticiara a ninguém sobre sua existência.

Em alguns momentos, Nelson cogitou contar a Flirk sobre o diário, mas depois de o Capitão ter perdido Mia e a filha, jamais poderia trazer à tona tamanha decepção. "Um dia Peter pagará por seus atos", pensava.

Apesar da segurança proporcionada por seus melhores homens, que vigiavam ininterruptamente a cabine do Capitão, aquilo não lhe aparentava suficiente. Diante da certeza sobre o caráter de Peter, desde o início da viagem no Seegeister, Nelson o vigiou, com a ajuda de Tom, um jovem marujo que lembrava muito ele mesmo quando mais novo. O rapaz parecia um felino se esgueirando pelos cantos. Deslocava-se em silêncio e dava notícias para Nelson de tudo o que Peter e Guus faziam.

— Seguir o grandalhão é ridiculamente fácil! — dizia o jovem, rindo, ao chefe.

Na noite que aportaram em Porto Soledad, o rapaz viu os dois homens conversando com um velho cozinheiro, membro da tripulação de Peter. Tom ria sozinho ao ponderar que aquele ali podia saber fazer tudo na vida, menos comida, como ele chamava aquela gororoba. O velho era franzino como uma vara, puro osso, e não chegava a um metro e meio de altura. Tom ouviu parte da conversa. O velho xingava Peter, dizendo que ele era um miserável e que não faria mais nada para ele. Contudo, depois de algum tempo, a conversa ficou mais amena e o velho foi deixado só na cozinha.

Tom seguiu os dois até a cabine de Peter, onde ficou por cerca de uma hora, até que o velho bateu à porta e entregou uma pequena bolsa vermelha para Guus, enquanto este lhe entregou algumas moedas, que tilintaram na mão magra do homem.

Tom achou aquilo relevantíssimo e correu para contar a Nelson. O imediato, ciente dos fatos, resolveu ir até a cabine da dupla, mas, antes disso, viu os dois homens saindo do navio, na direção da cidade, sem nada levarem nas mãos, a não ser duas garrafas de rum. Davam a entender que iriam simplesmente beber, como muitos que haviam desembarcado. Nelson, contudo, não podia perdê-los de vista e ficou no encalço dos delinquentes. Passaram próximo à taverna, mas desviaram em uma rua à direita e caminharam quatrocentos metros até uma igreja. Cerca de três casas mais adiante, conversaram com uma mulher na porta do que lembrava uma estalagem.

 Nelson não sabia o que se passava e uma miríade de conjecturas passou por sua mente. Estariam eles ali para criar um álibi, enquanto alguns homens invadiriam a cabine para roubar o artefato e as pedras? Ou, talvez, esperando alguém contratado para danificar o navio, de modo a terem mais tempo de roubarem? Estariam em conluio com o cozinheiro para envenenar a comida de Flirk, Malet ou dele próprio, causando comoção e desordem para facilitar o crime? O que o velho havia entregado para eles? Eram muitas perguntas sem respostas, mas o certo é que precisava vigiar os meliantes, enquanto o artefato e as gemas estavam protegidos por seus melhores homens. Pelo menos, assim pensou, inocentemente, o imediato.

Já era dia e Flirk não encontrou o menor sinal de Nelson, Peter e Guus. "Teriam eles se unido?", indagava-se o Capitão. O espanto, a decepção e a dúvida, aliados à falta de descanso, fizeram a cabeça de Flirk revirar, a ponto de quase desmaiar. Malet o amparou e, depois de algum repouso e de comer um pouco, Flirk estava bem.

 Diante do sumiço do trio e das três pedras, ele resolveu seguir viagem, afinal, ainda lhe restava a esmeralda que apontaria o caminho para o último elemento. Deixou no porto quatro homens para tentar descobrir o paradeiro dos desaparecidos, chamou o mestre do navio e deu a ordem:

 — Soltem as amarras, icem as velas, todo o irmão a bombordo!

Malet também estava abalada, mas não podia demonstrar. Com a ausência de Nelson, queria ser o suporte fiel do Capitão. Então, ficou repassando os comandos para o mestre e o contramestre do navio, enquanto Flirk inspecionou alguns conveses e voltou para a cabine. Tinha a pretensão de, logo que tivessem avançado algumas milhas no mar, colocar a gema no artefato.

Dentro da cabine, o Capitão ficou observando aquele objeto, que havia alterado muitas vidas e levado tantas outras. Então, notou que havia um pó preto, talvez fuligem, em cima do artefato e da mesa, algo que não notara na noite anterior em decorrência da escuridão.

Vasculhou por todos os lados e descobriu uma passagem estreita no chão, ao fundo da cabine, que vinha do deque inferior e trazia ar quente de um aquecedor de carvão. Era uma adaptação exigida pelo Capitão Peter, como veio Flirk a saber posteriormente, para ser utilizada durante o inverno. O orifício media uns trinta por quarenta centímetros e havia marcas de mãos na saída.

Nesse momento, Malet entrou, na companhia de um jovem marujo.

— Foi por aqui que passaram, Malet! Mas somente uma criança conseguiria esse feito.

— Ou uma pessoa pequena e magra! — disse a garota, acompanhada de Tom.

O jovem tinha recebido instruções precisas de Nelson: caso algo grave acontecesse com ele ou com o artefato, deveria comunicar tudo que sabia para Malet. A garota contou o que o rapaz testemunhara. Flirk ficou possesso e esbravejou, dizendo que ia pegar o cozinheiro e dar-lhe uma lição exemplar, jogando-o amarrado e com a boca cheia de moedas no mar, para que ninguém repetisse tamanha traição.

Malet, porém, olhou para o pai e falou com a voz mansa, tentando tranquilizá-lo, o que, em verdade, teve efeito reverso:

— Ele não está no Seegeister. Também fugiu.

Os olhos de Flirk ficaram vermelhos, podia-se ver as veias de seu pescoço palpitarem. Ele se sentou, tomou uma volumosa dose de rum e disse, depois de respirar fundo e acalmar-se um pouco:

— Bem, ao menos sabemos que não foi Nelson que nos traiu! Mas onde raios ele se meteu? Precisamos ganhar tempo. Vamos buscar a última pedra e depois voltamos para ver o que descobrimos.

Tom saiu dos aposentos, empolgado por ter, pela primeira vez, recebido tamanha atenção do Capitão Flirk.

Orca notou, por uma das janelas quadriculadas, que praticamente já não se via a costa e julgou que era hora de colocarem a esmeralda em seu lugar. Dessa vez, ele próprio fez o tenso ritual. O fenômeno demorou exatos treze segundos para iniciar, conforme calculou Malet, que aprendeu a contar o tempo com o velho alemão Herr Thorsten: "*eintausend, zweitausend, dreitausend... dreizehntausend*, ou seja, um mil, dois mil, três mil... treze mil."

O artefato começou a oscilar, dando pancadas na mesa e deixando marcas profundas, além de algumas rachaduras. O navio balançou um pouco e, em seguida, o objeto ficou em repouso enquanto as linhas foram se concebendo ao som de batidas metálicas e rápidas, como se formões invisíveis, sob golpes de marretas, rasgassem o material. Antes de o desenho findar, Flirk falou com estranheza:

— Mas essa parece ser, justamente, a baía onde estamos!

Ato contínuo, o céu foi escurecendo até que não houvesse resquício algum de luz, nem mesmo da mais brilhante estrela, sendo que não havia uma única nuvem sequer no firmamento para ofuscar a vista!

Malet correu e mandou que parassem o navio naquele instante. Os homens baixaram as velas e soltaram a âncora. Tochas e lamparinas foram acesas em toda a embarcação. Apesar da luz precária, podia-se ver o espanto e o medo em cada homem dentro do Seegeister. Um marujo perguntou assustado, gritando da proa para o vazio do mar, em tom que denotava puro desespero:

— Isso é obra de vocês, Espíritos do Mar? Não é esse, afinal, o nome do navio?

O comentário do homem causou ainda mais alvoroço entre todos. Como o dia teria virado noite daquela forma? Onde estavam as estrelas?

Malet também estava perplexa, mas havia compreendido, desde o primeiro episódio com o artefato, que muito mais coisas existiam além do conhecimento acumulado pelos homens. Ela considerava que a humanidade é parte de um todo e se indagava acerca da possibilidade de algum dia o mundo ser entendido por completo. Supunha que tudo aquilo que via à sua volta fosse pura ilusão, pois carrega os defeitos e particularidades da visão humana; é analisado por escasso conhecimento; reflete grande parte dos preconceitos; e recebe maior foco e importância conforme variam os desejos. Ao seu mestre, costumava dizer que o ser humano vive aquém da realidade, em um mundo de puro subjetivismo. Lembrou de uma passagem do pensador grego Protágoras, vista em um dos livros na biblioteca de Thorsten: "Muitas coisas impedem o conhecimento, incluindo a obscuridade do tema e a brevidade da vida humana."

Flirk deixou a cabine logo que viu uma minúscula ilha ser assinalada, rente à abertura para a última pedra, juntamente com a palavra: LUX. Subiu para o convés de popa e ia mandar descer os botes quando o proeiro falou:

— Senhor, a âncora não pediu mais do que cinco metros de corrente! Acho que estamos em cima de um banco de areia.

De fato, ao iluminarem o caminho avante do navio com o forte farolete de proa, viram que o Seegeister havia parado a menos de vinte metros de um banco de areia. Flirk desceu os botes e seguiu na companhia de doze homens. Deram uma meia dúzia de remadas e já estavam em terra. A ilha era minúscula e feita de pura areia, com alguns rochedos ao centro. O silêncio era absoluto. A escuridão parecia sugar a pouca luz das tochas que cada um dos homens carregava. Caminharam uns duzentos metros até a parte mais elevada da ilha, com algumas pedras e nada de vegetação. Sobre uma rocha escura, havia outra, lapidada em formato retangular e apoiada em uma de suas laterais, como se fosse uma placa. Ao centro, havia uma pedra amarela envolvida pela rocha, que pulsava uma esquálida luz da mesma cor, como um coração enfraquecido, circundada pelo desenho das mesmas cinco espirais já vistas nos outros locais.

"É a última gema!", animou-se Flirk. Ele tentou alcançar a joia atingindo a rocha com o cabo de seu punhal e até mesmo com um machado, mas nada de quebrar aquela capa.

— Como ela foi parar ali dentro? — questionou um dos marujos, ao que Flirk respondeu:

— Como vou saber, homem?

Somente depois de algum tempo entretidos com a tarefa hercúlea, perceberam o cerco feito por uma dúzia de bestas, quando ouviram o rosnar dos bichos. Era uma espécie de lobo negro, com quase o dobro do tamanho de qualquer lobo cinzento que já se tinha visto. Tinham odiosos olhos amarelos vivos e exibiam dentes com uma cor cinza reluzente, como se fossem revestidos de alguma espécie de metal.

Flirk falou baixo:

— Fiquem todos calmos e não se mexam bruscamente. Agora, levantem devagar os braços.

A intenção era fazer com que parecessem maiores do que eram e assustar os bichos. Alguns até chegaram a recuar, mas o lobo que estava ao centro, não. Pelo contrário, deu mais dois passos em direção aos marinheiros e foi acompanhado pela matilha.

— Aquele é o líder, vamos concentrar o ataque nele! — ordenou o Capitão.

Porém, era tarde! Um dos homens, amedrontado, acabou atirando a esmo e foi acompanhado pelos demais. Os lobos saltaram e agarraram três ou quatro marinheiros. Um tripulante mais jovem apostou na sua velocidade e tentou fugir para o barco, mas foi perseguido e desmembrado por dois animais.

Malet estava atrás do pai quando ele desferiu um tiro que acertou o olho esquerdo do líder. O bicho saltou furioso sobre Orca e cravou os dentes em seu braço. Tamanha era sua força, que começou a arrastar o Capitão como se quisesse arrancar o membro. Flirk sentiu as presas cravando ainda mais fundo e lutava para tentar se desvencilhar, mas era inútil. A dor foi ficando intensa ao extremo, parecia que o braço estava pegando fogo e por um momento desejou que o bicho o arrancasse logo, pois se resolvesse atacar seu pescoço morreria em um instante.

Malet o atingiu com sua espada, mas o animal não cessava o ataque. A pele era extremamente grossa e a lâmina mal penetrava. Ele era extremamente forte e resistente. Então, um dos homens de Flirk, um negro enorme de quase dois metros de altura, desferiu um golpe de machado na cabeça do lobo, matando-o. Ao cair, o banco de areia tremeu e a pedra retangular partiu-se ao meio, liberando a gema amarela antes aprisionada.

Era um diamante amarelo-escuro, que irradiou uma luz tão vigorosa quanto o sol. Os homens tiveram de cobrir os olhos, ao passo que as criaturas remanescentes se desintegravam no ar, nada deixando para trás além de uma nuvem de fumaça que logo se dispersou. Em seguida, o brilho da gema foi diminuindo até que recobrou sua normalidade, enquanto o céu clareou e o astro-rei apareceu, na altura do meio-dia.

Malet pegou a joia de cima da rocha e ajudou o pai a entrar no bote. Ao olhar para trás, notou que a pequena ilha, que não devia ter mais de quinhentos metros de diâmetro, começou a sacudir e afundar lentamente. Quando já não se via qualquer porção de terra, todos estavam a bordo do Seegeister.

Pierre, o médico do navio, jogou bebida para desinfetar o ferimento no meio do antebraço de Flirk, que sangrava muito. Colocou um torniquete, reduzindo a hemorragia, mas o Capitão ainda reclamava de muita dor, o que foi explicado quando o médico encontrou um pedaço de dente do lobo ainda cravado no antebraço. Teve algum trabalho, mas conseguiu retirá-lo com uma pinça e um punhal limpo e desinfetado sob a chama de uma lamparina.

Depois de passar uma mistura de ervas que serviam como cicatrizante, o francês enfaixou o membro e brincou:

— *C'est très bien!* Sorte sua ter um braço enorme e, principalmente, eu como seu médico, *Capitaine!*

Flirk sorriu e pediu auxílio para retornar à sua cabine.

Em seu aposento falou para Malet, que em momento algum largou de seu pé:

— Filha, fique de olho na tripulação. Vou chamar o mestre e o contramestre e determinar que voltemos para o porto. Precisamos encontrar o pobre Nelson. Fomos injustos em duvidar de sua lealdade. Vá, preciso descansar, e guarde essa pedra!

Malet observou o diamante, que brilhava como se tivesse luz própria. Era, sem sombra de dúvidas, a mais impressionante de todas as cinco gemas. Ela o enrolou em um pedaço de pano grosso e o guardou em um bolso interno de seu casaco.

Malet seguiu para o convés de popa e aguardou a chegada do mestre com as ordens recebidas de Flirk para retornarem à costa. Ela observou, contudo, que o vento soprava vindo do continente, o que ocasionaria um considerável atraso na chegada, pois precisariam fazer zigue-zagues para pegar o vento pelas laterais e permitir que as velas propelissem adequadamente a embarcação.

Ela se encostou na amurada, observando as ondas. Estava desgostosa com a atitude do Capitão de não lhe ter pedido para que transmitisse o comando diretamente para o mestre do navio. Sentia existir uma reserva, quase inconsciente, de seu pai e de parte da tripulação de receberem ordens de uma mulher. Compreendia que aquele mundo náutico era predominantemente masculino, mas isso em nada impedia uma jovem como ela de exercer um papel ao nível que qualquer outra pessoa. Onde faltava músculo, havia sagacidade. Podia não ter uma voz tão forte para dar gritos de comando, mas possuía temperança para transmitir as melhores escolhas. Tinha mãos mais delicadas do que aqueles homens, porém, ágeis o suficiente para manejar a espada com maior acuidade e derrotar os grandalhões, geralmente desajeitados e lentos.

A garota sabia que aquela discriminação não tinha como destinatário apenas sua pessoa ou, mesmo, sua geração. As diferenças nos tratamentos de gênero ainda levariam décadas ou, receava, séculos, para serem reconhecidas e enfrentadas. Ela, todavia, estava certa de fazer sua parte e convicta de que o empoderamento de uma pessoa que sofresse qualquer tipo de discriminação passa pela busca duradoura do conhecimento. Esse é o caminho mais retilíneo para gerar esclarecimento, propiciar a conscientização, encontrar soluções e promover a liberdade do corpo, da mente e do espírito.

Lembrou a si mesma de um pensamento que tinha anotado em uma carta de despedida, deixada na escrivaninha de seu querido professor: "Puro conhecimento sem ação é desperdício. Pura ação sem conhecimento é insensatez."

Pensando nisso tudo e embalada pelas ondas, de alguma forma, sossegou.

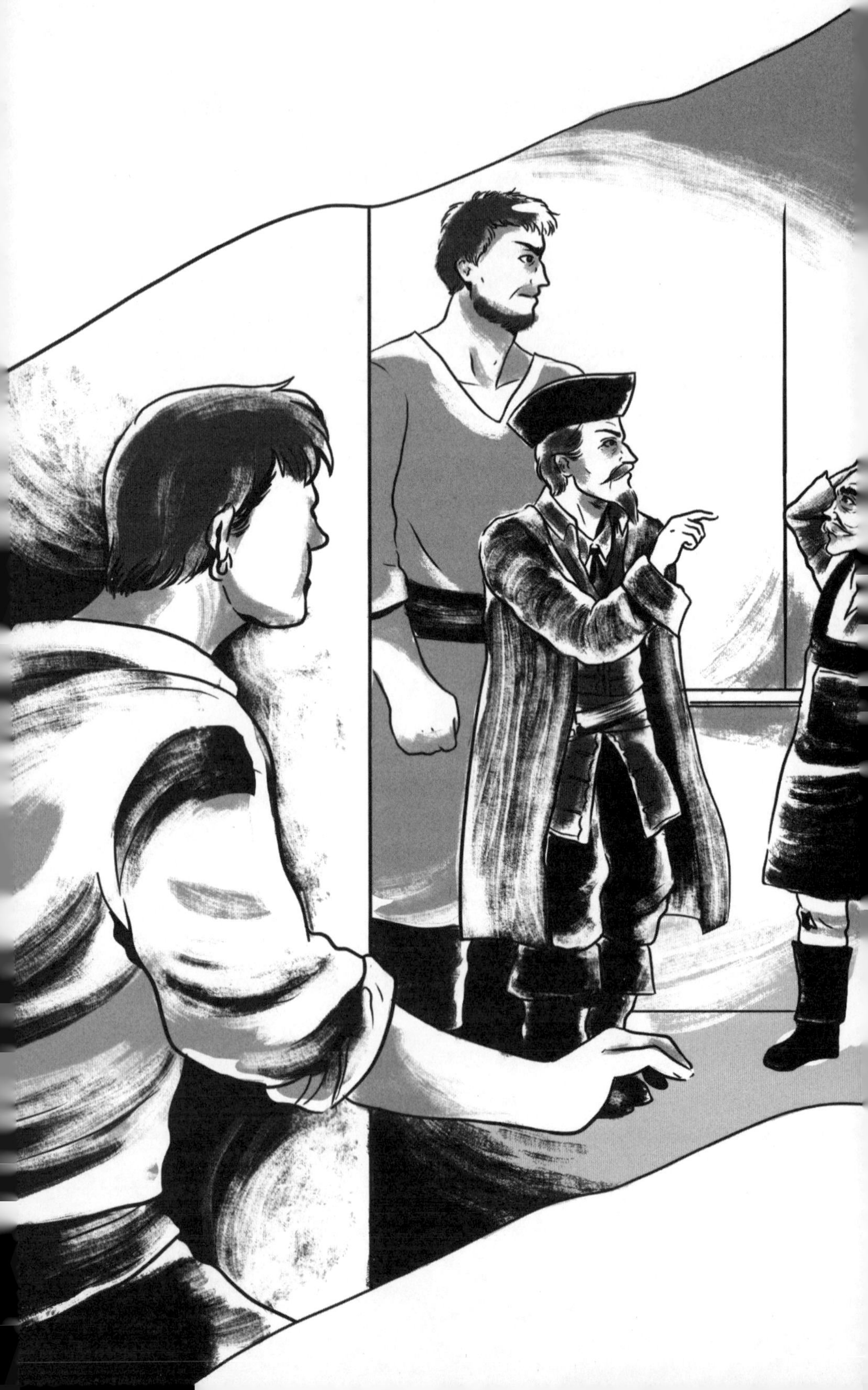

XIII
Meu tesouro

NELSON JÁ ESTAVA CANSADO DE SUA CAMPANHA, pois passou a noite praticamente em claro, vigiando a estalagem a partir de um estábulo vazio, quase defronte ao esconderijo dos traidores. Chegou a cochilar em alguns momentos e rezava para que não tivesse perdido qualquer movimentação de seus alvos.

Cerca de duas horas depois de raiar o dia, Nelson viu os dois indivíduos saindo da estalagem.

"Não se evadiram, afinal", pensou, aliviado. A dupla subiu uma rua bem movimentada, por detrás da igreja, e acenou para alguns cocheiros de carruagens, até que um parou. Nelson correu, livrou-se de seu chapéu característico de marinheiro e, com a cabeça coberta apenas por um lenço, viu Peter entrar no veículo. Quando os alcançou, quase esbarrou em Guus, que subia com dificuldade em razão de seu tamanho. Nelson ficou encostado na traseira da carruagem e ouviu Peter dizer ao cocheiro:

— Leve-nos ao Porto San Juan!

"Eles vão embora! Mas como? Sem levar nada?", indagou-se Nelson, angustiado. Nesse momento, ele olhou para o porto e não viu mais os enormes mastros do Seegeister. Haviam partido durante a madrugada sem ele! "Flirk jamais me deixaria para trás, impossível! Salvo se... achar que o tenha traído!"

Somente ali descobriu que, há muito, as pedras haviam sido levadas, pois lembrou do saco vermelho entregue pelo velho a Peter. "Esse tempo todo eles portavam as joias e, decerto, abandonaram o artefato. Eu poderia ter chamado alguns homens e dado cabo de ambos na estalagem!", refletiu, desconsolado.

Nelson estava com um nó na garganta. Mais uma vez tinha sido superado pelo Capitão Peter. Tivera a noite toda para resolver a situação e agora eles estavam a caminho de um porto vizinho, distante umas oito horas de carruagem, de onde navios costumavam partir levando mercadorias para a Europa.

"Não desapontarei minha família, não mesmo!" Nesse momento, viu um de seus marujos, com ar de perdido, passando no outro lado da rua e gritou:

— O que faz aqui, Liam?

O rapaz, todo desconfiado, de cabeça baixa, disse:

— Parece que dormi em excesso, chefe. Quando cheguei, o navio havia zarpado. Vou procurar outro emprego, pois sei que o Capitão não admite abandono do navio — falou constrangido.

— Pois é seu dia de sorte. Está empregado novamente! Qual o estado dessa sua pistola na cintura?

— É para estar funcionando, chefe! — respondeu admirado.

Liam era um jovem irlandês que foi parar no Caribe depois de tentar a sorte na Marinha, sem sucesso. Um tanto rebelde e fanfarrão, acabou sendo expulso, mas como era ótimo aprendiz de homem de armas, sabendo disparar os canhões com maestria, acabou recrutado pelo Capitão Flirk ainda quando corsário inglês. Não obstante ser muito introspectivo e calado, era fiel a Flirk como poucos.

Nelson e Liam procuraram uma cavalariça e pagaram por dois cavalos selados. Subiram nos animais e, galopando, pegaram a estrada. Os larápios tinham cerca de meia hora de vantagem, o que tirariam fácil. Nelson se sentia um pouco desconfortável, pois há anos não cavalgava e nem fazia muita questão, pois costumava dizer aos amigos marujos que preferia um bote em meio a uma tempestade do que montar um cavalo em uma manhã ensolarada de primavera. Nunca se sabe o que esperar do bicho...

O sol estava chegando a pino quando viram a carruagem de Peter mais à frente, fazendo uma curva à direita. Resolveram cortar caminho, passando por uma campina, de modo que, ao pegarem a estrada de novo, surpreenderiam o cocheiro. Foi exatamente o que se deu. Ao retornarem para a estrada, saíram logo atrás da carruagem que, por ser grande e pesada, ia em um ritmo lento. O marujo e Nelson apontaram suas pistolas para o condutor, que freou os cavalos sem pestanejar.

Peter ficou surpreso com a parada repentina e, quando saiu para ver o que acontecia, foi rendido por Liam. Ele pegou as armas do larápio e o saco vermelho que estava amarrado ao cinto. Em meio a essa confusão, o cocheiro correu feito louco em direção ao matagal. Guus viu a cena pela janela e pulou como um touro desgovernado, arrancando a porta da carruagem. Nelson apontou sua arma, mas isso não assustou o gigante cuja voz, pela primeira vez, ele ouviu:

— Atira, velhote! Você tem apenas uma mísera chance! — desafiou Guus, sacando um punhal e partindo para cima do imediato. Nelson disparou e acertou em cheio o tórax do homem que sequer se abalou e desferiu um golpe no abdômen do imediato.

Antes que Guus desse uma segunda estocada, o garoto se aproximou e efetuou um disparo em sua nuca, fazendo-o cair sem vida. Peter aproveitou a confusão, montou o cavalo utilizado por Nelson e fugiu pelo caminho de origem.

Liam afastou o grandalhão de cima de Nelson e viu que seu ferimento sangrava bastante. Ele havia sido atingido na parte inferior do abdômen, possivelmente nos intestinos. O garoto fez uma compressa, rasgando a perna da sua calça e pediu para o imediato segurar. Nelson logo perguntou:

— Conseguiu?

— Estou tentando, senhor! Diminuiu um pouco, mas ainda não parou de sangrar.

— Isso não, seu tolo! Conseguiu pegar as pedras?

— Sim, senhor! — respondeu satisfeito e abriu o saco vermelho, mostrando as três gemas para Nelson.

— Agora sim. Isso é o que importa — falou o imediato com a voz fraca.

O jovem colocou o chefe com cuidado na carruagem e fez os quatro cavalos atrelados galoparem feito loucos rumo à cidade. Conseguiram fazer o percurso em menos de uma hora. Quando estava chegando, Liam avistou as velas do Seegeister no porto, já sendo recolhidas. Haviam retornado!

Ao entrar no cais, pediu ajuda e os marinheiros carregaram o imediato para bordo, chamando o médico francês e Flirk. Pierre conseguiu estancar ainda mais o ferimento e costurar uma parte do intestino, mas Nelson já tinha perdido muito sangue. Além disso, estava com muita febre, o que indicava a gravidade da situação. Flirk entrou na enfermaria, quase derrubando todos que estavam pelo caminho. Sentou-se na cabeceira da cama, perto do companheiro:

— Meu querido amigo, perdoe-me! — disse lacrimejando.

Nelson olhou para ele, sorriu com ar de cansaço e disse:

— Quem diria. O Capitão chorando! — falou com ternura e prosseguiu: — Eu que lhe peço perdão, meu irmão. Quase coloco sua busca de toda uma vida a perder. Mas conseguimos recuperar as pedras! — falou apontando para o rapaz que o trouxera. Liam entregou com orgulho a bolsa para Flirk.

— Isso não interessa mais, Nelson! Você é minha única família, homem!

— Nada disso, Flirk! Sou apenas um velho e agora você tem nossa querida Malet. Cuide de nossa criança, ela foi um milagre em nossas vidas. Vou lhe dar um último presente, como irmão mais velho.

Flirk ficou zangado e disse:

— Isso não é hora de despedida! Você vai ficar conosco, Nelson Sullivan!

Nesse momento, Malet entra e abraça Nelson:

— Tio Nel! Você vai ficar bem!

O médico olhou para garota e balançou a cabeça, atestando que ele não tinha mais muito tempo.

Nelson a abraçou e sussurrou em seu ouvido:

— Quando sair daqui, faça-me uma gentileza. Vá até minha cabine e de dentro do fundo falso da segunda gaveta de minha cômoda retire um embrulho. É um diário que escondo há tempos. Leia e você saberá o que fazer com ele.

Ela acenou afirmativamente e caiu em prantos. Nelson falou:

— Não chore, criança. Ficarei em suas boas lembranças, mas quero que me prometa uma coisa para que eu não a atormente nos seus sonhos à noite — brincou o gentil marujo.

— O que quiser, tio Nel! — falou decidida, em meio às lágrimas.

— Prometa que cuidará do tolo do seu pai até os seus últimos dias. Esse velho não consegue mais ficar só — disse com dificuldade, já fechando os olhos.

— Prometo, tio Nel! Prometo!

O imediato deu um sorriso e partiu tranquilo. Malet se desmanchou em pranto e, pela primeira vez em anos, abraçou seu pai com toda força. Flirk chorou pela morte do fidelíssimo amigo. Não bastasse ter dado a vida para recuperar as joias, em seu último suspiro ainda lhe deu o maior dos presentes, a possibilidade de reconciliação com sua filha.

A tripulação de Flirk ficou consternada. Nelson era querido e respeitado por todos. Malet pediu ao pai para ir à cabine de Nelson, enquanto ele fez questão de, pessoalmente, realizar os preparativos para o funeral marítimo. Lavou o corpo do amigo, colocou-lhe peças de roupas limpas e, como sempre foi o desejo de Nelson, enrolou seu corpo com uma das velas do Mia Donna que havia levado de reserva para o Seegeister, e zarpou para o alto-mar.

Nesse ínterim, Malet foi aos aposentos improvisados de Nelson. Era um lugar muito modesto, com alguns livros de navegação sobre a pequena mesa, uma cama apertada e poucas roupas. Havia também a escrivaninha antiga de madeira escura e verniz desgastado pelo tempo, trazida do Mia Donna. Malet abriu a segunda gaveta, onde havia pertences pessoais do tio, tirou tudo e arrancou o fundo, onde encontrou o diário mencionado.

Ela o pegou, sentou na cadeira e leu na contracapa: "Otto Goulding". Ela estranhou que Nelson estivesse com um diário de outra pessoa, mas logo entendeu a situação. Havia um bilhete com seu nome, Malet Sullivan, que dizia:

Amada Malet,

Se está lendo isto é porque as coisas não deram muito certo para mim, mas não se preocupe, tudo o que poderia me deixar mais feliz no mundo me ocorreu. Entre minhas maiores alegrias está rever você depois de tanto tempo. Quando você ingressou naquele dia, no armazém, procurando por seu pai, meu coração se encheu de alegria. Para mim, você é a filha que nunca tive e torço para que um dia restabeleça o relacionamento com Flirk.

Bem, escrevi isso logo que ingressamos no Seegeister, por saber das ameaças que enfrentaríamos. Eu não poderia correr o risco de enterrar algumas informações sobre mim, seu trisavô e Peter, que me chantageou com o teor deste diário e me fez desistir de comandar o Seegeister. Desisti para proteger o segredo que ele guarda e que agora revelo a você.

Perdoe-me por não ter contado antes, mas não sabia como fazê-lo. Jamais desejei magoá-la e você entenderá o quanto o assunto é perturbador e poderia ter destruído seu pai. Fiz de tudo para proteger este documento, especialmente depois que Mia se foi e ele acreditou ter perdido você.

Tenho plena certeza do seu discernimento quanto ao destino do diário e apenas vislumbro três possibilidades: contar ao seu pai agora, deixar mais para o futuro ou nunca fazê-lo.

Seja feliz, minha querida, e continue iluminando os corações como fez com o meu.

Do seu eterno tio, Nel.

Malet ficou tocada com a mensagem e voltou a chorar. Não conseguia estimar o tamanho da gentileza e cuidado daquele homem com ela e seu pai. Realmente era um Sullivan, se não por sangue, mas por pura dedicação e amor!

Resolveu, então, ler o conteúdo do diário. Precisava compreender o que demandou tamanho cuidado de seu tio, ao ponto de levá-lo a desistir do Seegeister.

Barbados, outubro de 1652.

Depois de alguns anos desde a tragédia do Sentinela da Noite, navio querido do qual fui imediato por quase vinte anos, preciso registrar o que ocorreu naquela noite tenebrosa, antes que minha saúde não mais permita ou que outros infortúnios me ocorram.

Eu e o Capitão Carnat éramos mercadores e tínhamos girado o mundo. Adorávamos fazer a travessia do Atlântico, em especial a rota entre o Caribe e a Europa, pois as viagens eram extremamente lucrativas, desde que não fôssemos assaltados por piratas ou avariados por tempestades.

Certa feita, quando estávamos em Caracas, prestes a zarpar para Lisboa, subiu a bordo, a pedido de um amigo do Capitão, um estranho que desejava seguir como passageiro para a Europa. Ele era alto, esguio, tinha pele clara, usava vestes cor de ébano e possuía estranhas tatuagens nos braços. Eram delicadíssimos detalhes coloridos, repletos de linhas e espirais, algo que jamais havíamos visto. Muito taciturno, ele ficava recolhido e, basicamente, sua única interação conosco foi a entrega de algumas moedas de prata para Carnat, como pagamento por sua travessia.

Não costumávamos levar passageiros no navio, mas o Capitão o admitiu por pura deferência ao amigo, o maior produtor de rum da região.

O homem não trazia nada consigo, além de um pacote de cerca de um metro de comprimento, aparentando uma tela ou um quadro qualquer, cuidadosamente enrolado com o mesmo tecido reluzente e negro que compunha as roupas e a capa do passageiro. Ele ficava com a peça todo o tempo, dormia ao seu lado, sempre vigilante.

Nunca soubemos seu nome, mas a presença dele causou curiosidade entre os marinheiros, incluídos eu e Sullivan, principalmente em relação ao conteúdo misterioso da carga. Fiquei intrigado e queria saber se aquele não era um quadro valioso, quem sabe roubado de alguma das colônias. Poderia valer muito dinheiro e a minha ambição falou alto.

Poucos dias depois do embarque, insisti para Sullivan que ele deveria, como Capitão do navio, exigir que abríssemos o conteúdo, sob o argumento de que ninguém poderia levar contrabando. Carnat relutou um pouco, disse que não era correto fazer aquilo, mas acabou cedendo. Chamamos o *passageiro à cabine de Carnat. Ele veio carregando o objeto, como sempre fazia.*

O capitão falou que precisava ver o que trazia e que, se não fosse ilegal, não haveria problema algum. O homem então disse que não precisávamos fazer aquilo, pois não havia nada ali que nos coubesse.

Eu me adiantei, tomei o objeto e desenrolei o pacote, que revelou uma placa com um metal estranho, escuro, com cinco gemas preciosas cravadas em sua superfície: um rubi, um diamante, uma esmeralda, uma safira e uma água-marinha. Elas eram perfeitas na lapidação, na coloração, no brilho. Eram despidas de qualquer incrustação. Os olhos arregalados de Carnat diziam tudo e tanto ele como eu soubemos, naquele instante, que não sairíamos dali sem as pedras.

Perguntei para o estranho onde havia conseguido as joias, ao que ele disse que "era difícil de explicar" e que "não perderia tempo". Falou ainda que fizéssemos "o que já estava feito".

Achei estranha aquela expressão, mas não atinei na hora. Hoje penso que o homem, por algum motivo, sabia o que sucederia.

Carnat, então, disse que, se ele não queria ou não podia demonstrar uma origem lícita, por certo aquele material deveria ser confiscado e ele seria deixado na próxima cidade, para responder pelo crime.

O passageiro não chegou a protestar, mas ficou repetindo algumas palavras em latim, enquanto segurava o objeto: "Hic et nunc dimittis consummem cursum meum, et missione Nuntius officium." O que vim a descobrir depois significa: "Aqui e agora termina a minha estrada e missão de Anunciador."

Tentei puxar o artefato, mas o indivíduo não o soltava, então o segurei pelos braços, tentando imobilizá-lo. Apesar de eu ser muito maior que o franzino homem, ele tinha uma força descomunal e caímos no chão. O Capitão Carnat, então, desferiu-lhe três golpes de punhal no peito. A princípio, fiquei assustado com aquela atitude, mas era um caminho sem volta. A melhor solução seria nos livrarmos do viajante. Diríamos que morreu de alguma doença contagiosa e foi necessário jogá-lo no mar com seu painel enrolado. Assim, nós ficaríamos com as gemas.

Enquanto o homem agonizava, peguei o punhal de Carnat do chão, com a lâmina ainda suja de sangue e arranquei uma pedra, a água-marinha, colocando-a no bolso. O passageiro disse algo incompreensível e deu seu último suspiro.

Antes que eu conseguisse retirar as demais pedras, todo o navio começou a tremer, o objeto irradiou uma luz impressionante e incandesceu, o mar agitou, lufadas de ar foram se intensificando, levando velas, mastreação. O céu se fechou, deixando uma escuridão como uma madrugada sem lua ou estrelas. Uma tromba d'água se formou e partiu o navio ao meio. Parecia que todos os elementos da natureza haviam sido invocados. Depois disso, não me lembro de mais nada.

Ficamos à deriva, boiando em barris, por uns dois dias. Fomos levados pelo vento e pela correnteza, até que um barco de pescadores nos achou. Dos 57 homens a bordo, menos de uma dúzia sobreviveu, tendo Carnat sido levado com seu navio.

Depois de um dia, estávamos de volta à terra firme. Não sei que fim levaram os homens, mas eu fiquei adoentado desde então. Toda sorte de moléstia me destrói e sei que poucos são meus dias. Disseram que eu era louco, ninguém jamais encontrou os vestígios do Sentinela da Noite. Não se conhecia nada acerca da existência do estranho passageiro. Nem mesmo o fabricante de rum, amigo de Carnat, admitiu ter pedido para embarcar no navio quem quer que fosse.

Deram-me remédios, falaram que o trauma provocou alucinações, mas sei o que vi e, claro, o que eu e Sullivan fizemos. Aquele homem nos amaldiçoou, tenho certeza. No momento derradeiro em que falou em uma língua estranha, o navio foi destruído.

Livrei-me da pedra, entregando-a ao pescador que me salvou. Imaginava que, se fizesse algum ato nobre, a maldição daquela noite cessaria, mas foi em vão. Sigo definhando solitário.

Soube que recontam nossa história de maneiras diversas. Alguns disseram que encontramos um mapa em uma ilha deserta que nos levaria a um tesouro. Outros, que as joias foram furtadas de Carnat e enterradas por mim. Em uma outra narrativa, uma tempestade nos afundou, por um erro de navegação meu, logo após encontrarmos um tesouro valioso. Virei motivo de chacotas.

Por isso deixo aqui o meu relato. Sei que, um dia, alguém reconhecerá a verdade em minhas palavras e, mais do que isso, enxergará meu autêntico e profundo arrependimento pelo delito covarde que cometemos. De tal modo, espero que nossas almas, minha e de Carnat, possam, de alguma forma, ser perdoadas e descansar em paz. É o que rogo àqueles cujas mãos tiverem a ventura de tocar este diário.

*Com pesar,
Otto Goulding*

A garota ficou estarrecida. "Como o vovô Carnat pôde fazer isso? Quanta ganância! Agora entendo por que achava que tio Nel sabia mais do que me falava. Mas ele agiu bem, meu pai não poderia saber sobre isso na época. Preciso pensar sobre o que fazer."

Algo lhe causou muita estranheza na fala do passageiro, dita em latim: "Aqui e agora termina a minha estrada e missão de Anunciador." O que significaria aquilo? Qual seria a missão do homem e em que consistia seu ofício? Mensageiro de quê? Malet estava intrigada, mas ali não era o local e nem o momento para buscar tais respostas. Ela guardou o diário em seu casaco e foi ver o pai no convés principal. Acabavam de findar os preparativos para o funeral.

Depois de palavras de despedida de alguns membros da tripulação, Flirk falou, emocionado:

— Não preciso dizer o que Nelson representava para mim como amigo e irmão. Todos já o sabem. Gostaria de trazer, em especial para os novatos e para aqueles que não o conheciam intimamente, a memória de Nelson como imediato do Mia Donna. Sua lealdade, comprometimento, dedicação e preocupação com cada um que subia a bordo, sob seu comando, apenas não eram maiores que seu coração. Ele distinguia cada um de seus marujos pelo nome e, acaso tivessem e soubessem, pelo sobrenome, terra natal, pai e mãe, esposa e filhos. Jamais conheci alguém que se importasse tanto com o outro, que se interessasse pelo problema de cada um como se fosse seu. É claro que muitas de nossas desgraças ele não pôde resolver, mas, invariavelmente, sentia e sofria junto.

Talvez seja isso que nos falte como homens, não só do mar, mas da terra, das colônias e dos impérios, dos vassalos e dos nobres, dos ricos e dos miseráveis. O ser humano parece ter um amor desmesurado por si próprio, mas se esquece de distribuí-lo para aqueles ao seu lado.

Acho que deveríamos destruir todos os malditos espelhos. Eles dizem muito pouco de nós! Pois mostram somente aquilo que importa à maioria dos homens: a si.

Nelson nunca teve tal objeto em sua cabine e, em quase cinquenta anos, jamais o vi parar em frente a um. Seu espelho era, genuinamente, o mar, que reflete a memória, o pranto e o sangue de todos que nele navegaram, viveram, lutaram e morreram.

Por isso, querido irmão, nós o devolvemos à sua legítima morada, para fazer-lhe a justiça de ser abraçado por todas as boas almas que por aqui passaram! Siga em paz, amado amigo Nelson Hernandez Sullivan!

Flirk autorizou e os marujos jogaram o corpo, do alto da prancha, no oceano, lugar onde praticamente nasceu e agora seria seu repouso. Todos os canhões do navio foram disparados em sua homenagem.

Malet não conseguiu falar palavra alguma e ficou abraçada ao pai o tempo inteiro. Então, olhou para Flirk, tirou o diário do bolso interno do casaco e o jogou ao mar.

— De quem era isso, Malet? O que continha? — perguntou o Capitão.

Malet respondeu:

— O diário do tio Nel, mas não sei o que estava escrito. Se ele o manteve escondido todos esses anos, certamente gostaria que ninguém soubesse de seus segredos. Eu creio que existam verdades que não precisam ser compartilhadas, seja porque sua utilidade se esvaiu com o tempo ou porque a realidade cruel que portavam já infligiu dor em demasia a uma ou mais vidas. É melhor deixá-las ir.

— Perfeito, filha. É melhor sim! — anuiu Flirk.

A embarcação seguiu navegando sem rumo certo, por um bom tempo, enquanto os homens cantavam velhas canções de marinheiros e bebiam cerveja e rum em homenagem a um dos maiores imediatos de que já se teve notícia.

Flirk e Malet se recolheram à cabine. Ele jogou o saco com as gemas em cima do artefato, como se realmente não tivessem mais importância, como dissera ao amigo.

Malet olhou para ele e compreendeu, finalmente, que sua determinação quanto aos seus objetivos e propósitos não eram maiores do que a fidelidade e o amor pelos amigos e familiares. Ela disse:

— Perdão, meu pai, nunca deveria ter fugido. Depois que mamãe morreu, atribuí toda a culpa ao senhor, imaginando que nunca tivesse se importado com ela ou comigo.

— Claro que me importava, Malet! Vocês eram tudo para mim! Eu apenas carregava a obrigação de nossa família de encontrar o artefato, descobrir o tesouro que ele poderia nos trazer, abandonar essa dura profissão no mar e dar uma vida digna e feliz a vocês!

E continuou, emocionado.

— Meu erro foi pensar que encontraria ainda jovem esse odioso objeto. O tempo foi passando, a frustração me consumindo e meu intento se agigantando. Se soubesse que perderia as duas, teria afundado meu navio e vivido com vocês. Eu que peço perdão, filha.

Ela abraçou o pai por longos minutos.

O silêncio foi interrompido com o ranger da porta se abrindo. De repente, entra o Capitão Peter empunhando uma pistola. Ele fecha a entrada do cômodo e sorri.

— Seu assassino miserável! Como chegou aqui? — gritou Flirk, fazendo menção de partir para cima do desafeto. Mas Peter apontou a arma para Malet e disse:

— Calma, Capitão Orca! Fique calmo! Aproveitei que estavam ocupados com o velho ferido e me escondi. Joguem suas armas atrás da cama. Você também, mocinha! Livre-se dessa espada, pois é muito traiçoeira para uma dama — falou gracejando.

Os dois obedeceram e Flirk ameaçou:

— Você matou Nelson, vai pagar por isso!

— Não, Flirk. Ele e aquele moleque mataram Guus, ele apenas teve o que merecia. Agora fique calado! Vamos descobrir, afinal, que tesouro esse mapa sombrio me dará. Depois me livro de você, retomo meu navio, fico com sua tripulação e posso, talvez, deixar sua filha viver.

Flirk cerrou os punhos, mas nada podia fazer sem arriscar a vida de Malet. O homem, então, mandou que ela colocasse a última pedra.

Ela acatou a ordem, pegou o diamante que trazia em seu casaco e o encaixou no lugar. Passaram-se alguns segundos, um minuto, dois, e nada!

Peter ficou furioso e gritou:

— O que vocês fizeram? Sabotaram o objeto? Se nada acontecer, matarei os dois e ficarei com as pedras! — esbravejou, sacando uma segunda pistola que trazia na cintura e direcionando-a para o rosto de Flirk.

Malet gritou:

— Espere! Já sei.

Com a ajuda do compasso de metal que estava em cima da mesa, ela arrancou o diamante e, em seguida, a esmeralda. Apanhou as demais gemas da bolsa e as recolocou na ordem em que foram encontradas: CAELI, IGNIS, AQUA, TERRA e LUX.

Então, Malet se afastou do objeto. Esperaram exatos 21 segundos e o artefato pulsou com uma velocidade e amplitude impressionantes. Podia-se ver ondas de choque se formando no ar em torno do objeto, tal como uma pedra lançada em um lago parado. Após um breve momento, o objeto levitou até a altura de uns dois palmos da mesa. A cabine foi escurecendo e tudo em volta foi desvanecendo até sumir. Os três se viram dentro do que parecia uma ampla caverna, com uma leve penumbra e luzes estranhas nas paredes que formavam um desenho idêntico ao da cruz e da rosácea existentes no artefato.

O objeto continuava a vibrar flutuando no ar, agora com a face superior virada para os três. Linhas e mais linhas passaram a ser riscadas e as gemas foram se reposicionando e se partindo em pequenos fragmentos, movimentando-se pelo metal. Alguns pedaços das gemas, uns maiores, outros menores, foram se combinando e formaram nove esferas. A principal era constituída, em grande parte, pelo diamante amarelo. As demais a circundavam em rotas elípticas. Quanto mais próximas ao centro, mais velozes. As esferas eram formadas por diferentes combinações das gemas, em maior ou menor proporção, mas sempre com a preponderância de um ou outro elemento: fogo, terra, água, ar ou luz. A disposição e a dinâmica dos elementos pareciam representar o Sistema Solar, apesar de Malet saber que o mais distante planeta, Saturno, tinha sido descoberto em 1610.

Depois, o conjunto foi se comprimindo e as gemas se subdividiram em milhares de grãos brilhando sobre o fundo escuro do metal, cada um com a respectiva cor da gema, formando uma linda espiral com incontáveis pontos de diferentes brilhos, tonalidades e cintilações. A espiral foi diminuindo, dando espaço para outras tantas se formarem, acompanhadas de elipses, círculos, todos imensuravelmente iluminados por pontos reluzentes, até que o desenho parou de ser feito. Surgiu uma inscrição na borda de primeira espiral, mais à direita, circulando um dos pontos luminosos e grafando na placa: *HIC ET NUNC*.

Malet imediatamente traduziu:

— Quer dizer "aqui e agora"! — exclamou maravilhada.

Peter estava com os olhos esbugalhados, enquanto Flirk assistia a tudo como um menino vendo fogos de artifício pela primeira vez na vida. O artefato escureceu, encobrindo os pontos luminosos até que não restasse vestígio algum das pedras. A superfície ficou perfeitamente preta e lisa. Então, um desenho se formou no centro. Era a palma de uma mão esculpida.

— Isso deve levar o dono do artefato até o local do tesouro! — falou Peter que, apressado, livrou-se de uma das armas para colocar a mão esquerda no entalhe. Ao bater no chão, a pistola disparou, acertando em cheio o lado direito do peito de Malet. Flirk deu um grito e segurou a filha.

Peter moveu os músculos da face no intuito de sorrir, mas antes que o fizesse, ele se contorceu de dor. Não conseguiu mais livrar a mão, pois seus membros se solidificaram como rocha. Seu corpo enrubesceu como brasa e desintegrou-se no ar, consumido por uma energia tão colossal que nem um grão restou.

Malet sangrava muito, porém estava tranquila. Seu pai chorava como louco, mas ela pediu:

— Ajude-me a levantar, papai. Preciso tentar!

Ele se recusou, dizendo:

— Não, filha, você vai ficar bem! Você viu o que aconteceu com ele!

A garota respondeu:

— Não estou com medo, pai. Precisamos descobrir! Afinal, não me parece que tenho muito tempo mesmo — argumentou conformada.

Dito isso, o Capitão levantou a garota, aproximando-a do artefato. Ela deu um doce beijo na testa do pai e suplicou:

— Perdoe-me pelo tempo perdido, querido Capitão Flirk Sullivan. Melhor pai eu nunca poderia ter tido! — Então encaixou sua pequena mão no entalhe.

A garota incandesceu como uma vela! Seu corpo irradiava uma luz amarela intensa e passou a flutuar no ar com o artefato. Flirk soltou um urro e tentou agarrar a filha, mas não conseguiu. Ela continuou flutuando, fechou os olhos e aparentava serenidade. O artefato se dividiu em milhares de minúsculos triângulos que se juntaram para envolver a garota em uma espécie de casulo.

Malet experimentou uma leveza extrema e um forte calor no local do ferimento. Depois, voltou a ver em sua mente os desenhos coloridos do artefato, mais e mais reais, detalhados, coloridos. Admirou-se vendo estrelas, constelações e galáxias. Ela atravessava espirais coloridas, pontos negros cercados de luz, sóis gigantescos explodindo, nuvens coloridas se aglomerando em pontos brilhantes. Depois percebeu uma esfera diminuta, azulada, crescendo, viu oceanos inteiros, nuvens, tempestades, tudo de longe, como se observasse um realístico globo.

Depois, enxergou imagens de sua infância com plena clareza, memórias que pensava ter perdido da mãe, do pai, do tio Nel. Observou então que tinha uma barriga enorme, crianças correndo, casas coloridas, charretes, máquinas de ferro que soltavam vapor. Reparou pessoas de todas as raças, cachorros estranhos, casas enormes, objetos brilhantes cortando o ar, explosões gigantes em forma de cogumelo, veículos compridos de ferro, caixas coloridas com imagens de pessoas se movendo, navios imensos de metal, espécies de carruagens, sem cavalos, andando velozmente e soltando fumaça.

Dezenas, centenas, milhares de imagens passavam cada vez mais rápido em sua cabeça. Em um átimo, tudo cessou e ela avistou um parque com uma riqueza de minúcias que poderia levá-la a jurar estar no local. Viu construções tão altas como montanhas, com diferentes formatos, exibindo centenas de janelas de vidro, em volta do lugar. Sobre a grama havia panos quadriculados, cestas com comidas, pessoas deitadas, lendo, dormindo e outras sobre veículos esguios, equilibrando-se em duas rodas. Notou mulheres com penteados extravagantes, usando roupas coloridas e curtas. Algumas olhavam e cutucavam pequenas caixas metálicas revestidas com vidro, outras as seguravam na orelha e falavam sozinhas. Observou crianças deslizando em cima de tábuas com rodas, bebês andando alegremente em pequenas charretes, tudo muito estranho e desconcertante.

Por fim, em meio àquelas pessoas, deparou-se com um garoto cruzando o parque e caminhando na sua direção, mas que não parecia poder notá-la. Ele tinha entre 16 e 18 anos, cabelo castanho-escuro cacheado, pele morena clara, rosto delicado, sorriso doce, covinhas nas bochechas, como as de Mia, olhos grandes e brilhantes de cor verde-esmeralda como os seus e de seu pai e exalava um leve aroma de café.

Malet acordou uma hora depois, deitada na cabine do Seegeister. Ela se espreguiçou, suspirando como quem tivesse acordado de um sonho surreal, mas bom. Procurou sentar-se, tentando reter as imagens e compreender o que tinha visto. Seu pai estava ao lado da cama e a abraçou, sorrindo de felicidade. O ferimento estava completamente curado, como se nunca tivesse existido. Flirk olhou para o artefato, depois para ela, e disse:

— Acho que ele trouxe o meu tesouro!

Ela sorriu e percebeu o objeto em pé, encostado na perna da mesa, incólume, sem qualquer gema ou mapa desenhado. Afora a cruz e a rosácea, havia apenas, ao centro, magnificamente grafada em finíssimas linhas atravessando o artefato, a frase: **Nostrum delectus discipula nomine est MALEA MALET MALUC.**

Malet traduziu a mensagem em voz alta para o pai:

— O nome do iniciado, por nós escolhido, é MALEA MALET MALUC.

As duas máscaras do pirata

José Castello

PRA ME FAZER DORMIR, MEU PAI GOSTAVA DE LER HISTÓrias de piratas. Os contos de fadas, que eu tanto amava, o aborreciam e lhe pareciam falsos — e, até, nada viris. Talvez prejudiciais à boa formação de um menino. Embora fosse católico praticante, ele não tinha paciência com leitura das narrativas da Bíblia. Eu apreciava, em particular, o Antigo Testamento, que até hoje me parece mágico e cheio de aventuras. Ele não: só queria saber dos piratas. E eu o ouvia.

Com o tempo, mesmo os piratas passaram a incomodar meu pai. Nunca estava muito certo se eles deviam ser vistos como heróis, ou como bandidos. Se devia apreciá-los, ou condená-los. Nunca me disse isso, mas sei que temia insuflar em mim o gosto pelo Mal. Com o avançar dos anos, eu — que ouvia as histórias de piratas só para agradá-lo — passei a admirar esses heróis ambíguos. Penso, hoje, que os piratas nos dão, antes de tudo, uma lição a respeito do humano. É verdade que eles negociam com o Mal — com os saques, a violência, a ganância, até com a morte. Mas, ao mesmo tempo, exercem o Bem, ainda que um tipo estranho de Bem. A aventura, a coragem, o amor pela vida os define. E isso nos faz sonhar — e dormir em paz.

Que meu leitor me entenda: não escrevo aqui em defesa da pirataria, que considero nociva e condenável. Basta examinar o dicionário. Ele associa a imagem dos piratas à malandragem, à maldade, à patifaria. Brutais e cheios de ganância, piratas talvez não cheguem a ser um bom exemplo para um menino. Mas a vida não é simples. A vida é uma estrada de duas mãos. O Bem e o Mal andam, quase sempre, juntos.

Lendo agora *Capitão Flirk e o artefato dos cinco elementos*, de Marcelo Mesquita, sou levado a associar os piratas, também, ao sonho, ao destemor, à valentia. Sim: apesar de tudo, eles são heróis. Conta Marcelo que arrancou seu livro das histórias que lia para seus filhos, na esperança de que pegassem no sono. A imaginação nos consola e nos ajuda a viver. A aventura, ainda que temerária e imprudente, é uma das mais belas maneiras de sonhar.

Volto ao livro de Marcelo. Flirk foi um corsário autorizado pela Coroa Inglesa a saquear navios mercantes espanhóis. Mais tarde, tornou-se pirata nos mares míticos do Caribe. Quem visita a Disneylândia conhece a magia que envolve os Piratas do Caribe, um dos mais famosos brinquedos do parque americano. Há horror, nojo, sangue, mas há também aventura e beleza nas expedições de pirataria. Era nesse ponto que meu pai empacava. É bom ou é ruim ler essas histórias para meu filho? — ele, por certo, pensava. A dúvida de meu pai era inútil. Nunca se sabe o que um menino pode fazer com um livro. Para cada leitor, um mesmo livro é um livro diferente.

Um dia, em uma de suas viagens, o capitão Flirk encontra um barco naufragado. Nele se guarda um estranho artefato de metal, bordado com uma escrita desconhecida. Leitora apaixonada do *Robinson Crusoe*, de Daniel Defoe, a adolescente Malet é avisada que o Mia Donna, o navio de Flirk, acaba de chegar ao porto de sua cidade. Empurrada pela força do sangue, mas também pelo amor ao desconhecido, a pequena órfã decide deixar a casa da tia Margareth para se engajar nas aventuras do capitão.

O que a empurra para fora de casa? A insanidade e a solidão, ou o desejo de descoberta — que é, afinal, um atributo clássico da adolescência? Muitas vezes, a coragem se confunde com a loucura. O desconhecido, com frequência, abriga o terror e a decepção; mas, tantas outras vezes, ele traz a riqueza e a sorte. Nada é fácil na vida, nada é previsível — e não só para uma adolescente. Temos sempre que fazer escolhas e, com elas, corremos inevitáveis perigos. Mesmo hoje, de cabelos brancos, lendo o livro de Marcelo Mesquita, não sei divisar com clareza o limite que separa o instinto de vida do instinto de morte. A verdade é que vida e morte se misturam.

Também a figura dos piratas se divide entre atributos de glória e honra, de um lado, e sentenças de morte e de tragédia, de outro. Hoje penso que era exatamente isso o que meu pai não suportava. Era isso que o afligia: que, espelhando-me nos piratas de suas histórias, surgisse, também em mim, o desejo de — imitando Malet — sair de casa e me jogar no mundo. O mundo, que pode ser um paraíso, mas pode também ser um abismo.

Houve o dia em que meu pai simplesmente me disse: "Hoje não estou com vontade de ler." Diante de minhas lamentações de menino, foi mais claro e até ríspido: "Vamos parar com isso, vamos esquecer esses piratas." Propôs que, em contrapartida, passássemos a ler livros de história — quem sabe sobre o Império Romano, ou o Antigo Egito. Não me interessei: aquilo seria repetir o que eu começava a aprender, precariamente, na escola. Assustado, ele chegou a propor que passássemos, então, a ler bangue-bangues, mas logo se corrigiu: "Pensando bem, melhor não."

Não é fácil ser pai. Um pai quer, todo o tempo, o bem do filho. Contudo, o mundo é cheio de armadilhas e de maldade. O mundo também contém o mal. Talvez seja isso o que o Capitão Flirk nos ensina: que, até para chegar a um tesouro, temos que enfrentar o horror. Muitas vezes, ele se encarna em terríveis monstros. E esses monstros não estão apenas no mundo externo, mas vivem também dentro de nós. O artefato que o capitão Flirk descobre é mais que um mapa. É algo que pode conduzir à felicidade, mas também à maldição. Não sabemos nada da vida. Temos que aprender a cada passo. Só nos resta nos agarrar ao presente. E isso é crescer, o capitão ensina a Malet.

Mistérios, batalhas, gigantes, espantos compõem a aventura do capitão e de sua Malet. Os marujos do navio estranham que Flirk leve consigo uma mulher, ainda mais uma adolescente. Aos poucos, porém, entendem que a sensibilidade de Malet, superando a inteligência algo bruta dos homens, serve de guia a Flirk. Dentro de seu próprio navio, o capitão enfrenta o saque de gemas mágicas — pedras que ele utiliza como bússolas. O Mal pode estar em qualquer lugar.

Em meio às aventuras, a pequena Malet se lembra de uma frase do filósofo grego Protágoras que, no século quinto antes de Cristo, afirmou a relatividade de todas as coisas. "Muitas coisas impedem o conhecimento, incluindo a obscuridade da terra e a brevidade da vida humana." Também é de Protágoras outra frase, ainda mais célebre: "O homem é a medida de todas as coisas." E o homem é frágil, é confuso, é incompleto. Está sujeito a contradições e a desacertos. Sujeito ao erro. E, mais que nunca, está condenado a não compreender a maior parte das coisas que vive.

Andamos cegamente, avançamos às apalpadelas, fazemos o que é possível. Algumas vezes — como no romance de Marcelo — um tesouro nos aguarda no final.

Malet se lembra ainda de outra frase, que anotou em uma carta de despedida enviada a um professor. "Puro conhecimento sem ação é desperdício. Pura ação sem conhecimento é insensatez." No século XVIII, existiu um grande filósofo, o alemão Immanuel Kant, que se dedicou a pensar a relação difícil entre a ação e o pensamento. Agir ou pensar? Essa dúvida nunca deixou de nos perturbar. Ela está no centro das aventuras do Capitão Flirk.

Charadas, surpresas, armadilhas, enganos, vitórias provisórias — tudo isso pavimenta o caminho do capitão. Lembro-me aqui novamente de meu pai, que, muitos anos depois de me ler histórias para dormir, me disse: "Acho que paramos na hora certa. Tinha chegado o momento de você se jogar no mundo e descobri-lo com as próprias pernas." Não sei se as palavras foram exatamente essas, mas foi o que me ficou — e as palavras que nos ficam são as que importam. Também as ações são o que, apesar dos ferimentos, marcam nosso caráter.

Hoje penso que justamente por isso nos fascinamos, tanto, com os piratas. Apesar de todos os seus erros, eles avançam, ferozes, destemidos, maravilhados, sobre a vida. Não abdicam de seus sonhos, mesmo à custa de erros e de sangue. Erram, erram muito — mas é desses erros que eles tiram o sal da existência.

Já no fim da narrativa, o capitão Flirk se depara com uma inscrição: "Aqui e agora." Gilberto Gil a celebrizou em uma canção. Ela é simples, mas fulminante. Ensina-nos que tudo o que temos é o presente. E que não deve ser pelo medo de errar que devemos desistir da vida. A vida não suporta adiamentos. Tanto o passado como o futuro não passam de ilusões. E por isso os piratas se jogam com tanta fúria, embora também com destemperança, em suas aventuras. Eles são amantes do presente.

DIREÇÃO EDITORIAL
Daniele Cajueiro

EDITORA RESPONSÁVEL
Luana Luz

PRODUÇÃO EDITORIAL
Adriana Torres
Laiane Flores
Ian Verçosa

COPIDESQUE
Kamila Wozniak

REVISÃO
Janaina Soares
Letícia Côrtes

PROJETO GRÁFICO DE MIOLO
Anderson Junqueira

ILUSTRAÇÕES DE CAPA E MIOLO
Andy Alvez

DIAGRAMAÇÃO
Thiene Alves

Este livro foi impresso em 2022
para a Nova Fronteira.